愿所有相遇，
都恰逢其时

MEET YOU
AT MY BEAUTIFUL
MOMENT

精装典藏版

DTT 著

时间真是最有力量的一双手，驯服万物于无形。

去选择适合的土壤,
去结原本属于真我的果子。

时间终会带走它能带走的一切。
带不走的，才是真正属于我的。

生活自有其艰难之处,
可再困苦的生活也总能找出一点甜来。

全面接纳自己的不足，
才能真正成为更好的自己。

序 —————————— 言

2017年《愿所有相遇,都恰逢其时》上市,意外地获得了不错的销售成绩,紧接着生活变得颇为忙碌,去电台接受采访,去巡签,去演讲分享,生活呈现出一种新鲜的意义感,让人产生一种未来无限的错觉。有读者给我写信,说这本书给了他勇气、力量及方向,也有身边的朋友说因为看到了书里的某个段落而决定辞职，在分享会上侃侃而谈的我似乎也被这种明晰的氛围裹挟，好像生活不过是一道一道选择题，无论怎么选总会有一个正确答案。

紧接着当潮水退去，生命的混沌再度来袭，那种黏腻的迷茫困扰着我，让我不得不正视一个事实：生活其实是一道一道问答题，而每个人都必须交出不一样的答卷，无法复制，不可模仿。有一个词叫人生的1/4迷茫，大概出现在20岁出头的样子，是指脱离了按部就班的学校教育，融入社会，面对五花八门的价值观，人会出现的一种无所适从的感觉。"对"和"错"不再有清晰的界线，"好"和"坏"也不再是完全对立的两个面。年轻人们不断地试图从书本里，从别人的阅历里找到相似的困境，得到准确的指引。然而迷茫其实是人生的一个常态，就像那些注定会出现在你生命里的起起落落一样，没有一条绝对正确的真理之路，每个人对幸福的追求，都是一步一个脚印默默蹚出来的。

而正处于迷茫期的你们，请时刻警醒那些掷地有声、言之凿凿的成功理论。人在顺境的时候，总是对成功的内在归因抱有盲目的自信，那些顺境中的人总是把成功的原因归结于自身的天赋、聪明、勤奋和自我选择，而忽视掉有关"运气"的那一部分外因。这种幸存者偏差在生活中无处不在，那些在激烈的竞争中存活下来的企业成为传奇，就其经营理论著书立说，供后来者仿效、膜拜。而事实上很多采取相同策略的企业却在时代的洪流中被吞噬，假如有人仔细探究，会发现他们失败的方法跟那些"传奇"其实如出一辙。

BBC耗时49年完成的一部纪录片《穷人与富人的人生七年》血淋淋地揭示了出身阶级对于一个人贫富悬殊的影响。当富人们指责"穷人穷是因为不努力"的时候，却没有深究当他们在优渥的环境里精进的时候，那些底层的人需要花费大量的时间用于生存。美国专栏作家芭芭拉·艾伦瑞克在1998年开始了一场著名的生存实验，为了体验穷人的生活，她用1000美元作为启动资金，杜绝任何朋友的资助，试图在底层人生中拼出一条血路。然而事实却证明，作为底层工作者，她因为疲于应付生存所需花了太多时间，无力做任何其他的事情，每天只是在重复地做同样的工作。穷人不是不努力，而是他们的努力不能创造更大的价值，带来不了更重要的资源。贫穷不是罪孽，而是一种不幸。

我说这些，并不是试图抹消那些立志成为"更好的自己"的上进心，而是想说，成功或者幸福有时候是需要运气的。所以当我们试图从别人的文章、经验里获取成功的指引，以应对惶惶不安的内心时，更需要甄别的胆量和智慧。

有读者给我留言说,《愿所有相遇,都恰逢其时》里的文章缺乏明确的观点和积极的态度,无法指导他们的人生。而我写下这些文章的初衷,本不是为了给人指引,而是我对一个时期生活的反思和感悟,是我面对人生的逆境如何自处的回答。人生是流动的,面对同样的问题,不同阶段会得出不同的答案。我从没想过要写出百年留存的真理,而我的一小段人生被同样遭遇低潮、失意、困惑、不安的你们看到了,能带来片刻的抚慰,一种似曾相识的理解,一种"也有人在经历我所经历的困难,我并不孤单"的感同身受,便是一个写作者和一个阅读者,最美好的缘分。

这种相遇,没有早一点,也没有晚一点,总是那么恰逢其时。

目 录

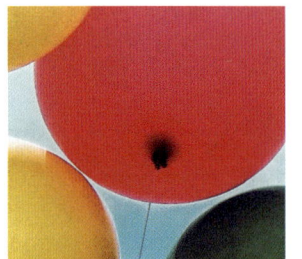  

Part 1
要做"有用"的人，过有趣的人生

真的，好想成为一个对世界有用的人 / 002

那条未曾踏过的路 / 006

人生，就是细细地吃好每一餐饭 / 011

致我们三十而立的天真任性 / 015

老地方相见，如果你发现你还有留恋 / 021

不要对这个世界失去好奇心 / 025

要过有趣的人生，变成有趣而不扭曲的人 / 030

"不用那么努力的，如果痛苦的话" / 037

Part 2
每一种选择都会有遗憾,每一个遗憾都会有转机

她拔根而起,把自己活成了一座移动的岛屿 / 044

每一种选择都会有遗憾,而每一个遗憾都会有转机 / 048

不要因为"穷惯了",就躲开上帝派发给你的糖果 / 054

承认软弱的那一刻,我觉得轻松 / 059

幸好还有一些人, 在过着你念而不得的生活 / 062

在爱情中,别迷信等待 / 067

有一种自信叫不把自己太当回事儿 / 071

Part 3
不辜负自己,别亏待光阴

看清过热爱之下,才能煎熬到热爱之上 / 078

"你都不知道我有多努力" / 089

失败只是失败,成功才会带来成功 / 093

不辜负自己,别亏待光阴 / 097

我们终将变成无法无天的中年人 / 102

我好像自己生活里的寄居者 / 106

当你感到绝望时 / 110

身体都知道 / 116

Part 4
最好的,时光会筛选给你

你这么善解人意,想必一定没有人懂你 / 122

我不再饮酒,只因你在另一个城市 / 126

给绝交的朋友写一封信吧 / 131

你是花,我便是爱丽丝 / 135

重来一次,我们仍然学不会好好告别 / 141

你如此特别,只因你是我的 / 146

希望岁月,忘了我爸 / 157

荣休结业,有缘再见 / 164

Part 5
哪一种爱情，不是摸着石头过河

女性，收起你的圣母心 / 170

绝情，是分手最大的善意 / 174

我的输入法还没有忘记你 / 179

谈了好久的恋爱突然就分手了 / 185

两个男人，一只猫 / 192

被辜负的总会被偿还 / 198

"我很好，那么你呢？" / 202

"非你不可"和"不妨一试" / 215

"失而复得最珍贵" / 220

Part 6
一个人的风和日丽

一个人的房间 / 228

一个人的夏日限定 / 232

一个人的失眠夜晚 / 235

一个人的牛奶特调 / 237

一个人如何优雅地用餐 / 240

一个人的午夜剧场 / 247

给独居女孩的一些小提示 / 270

要做『有用』的人，过有趣的人生

Part 1

真的，
好想成为一个对世界有用的人

从毕业至今，我一共换了四份工作。其中两份工作是因为不喜欢人事氛围于是急急跳槽。而其中一份编辑的工作做得最久，一共六年，中间也数度陷入渴求变化的焦虑。好像间歇性发作的情绪病，每隔一阵便会被一种极度的虚无感侵袭，一面消极怠工，一面又焦灼难耐，像上了发条的装置，需要不停奔波，总是着急去向哪里，连等电梯的数分钟，都忍不住跺脚，可是真的去了哪里，又立即被一种泄了气的疲乏感代替，少言懒语。

李松蔚在知乎回答"为什么上班都是坐着，还会感觉疲惫不堪"中简单说道，是因为办公室的工作很难让人感受到工作的意义。"动机在杭州"老师曾在"如何解决空虚感"的回答中将意义感的本质诠释为我们能感觉自己和未来、和他人、和更大的世界有联系。

而办公室的工作大部分缺乏对于劳作和劳作成果之间的直观联系，我的工作成果及意义大部分仰赖于上级的价值评价，而在这种价值序列里，我们很难主观地感受到这项工作对于他人、对于世界的成效。相比较而言，传统职业的从业者就较少有这方面的困扰，比如农民、手工业者、医生、教师，以及服务业从业人员。他们直接面向自己的劳动成果，他们的工作具有"不言自明的秩序感和对他人的重要性"，因此不需要耗费额外的心力来不断确认自己在这个世界中的存在价值。

曾经在英语学习小组里看到一个同学介绍美国 social work（社会福利工作）专业的各种细节，其中提到社工是一个金钱投资、精力投资、体力投资、时间投资与最终的金钱回报极不成比例的专业。可是为什么还有那么多人花着那么多钱要学这么一个费力不讨好的专业呢？研究证明，从事社工专业的人对自己生活的幸福感是所有专业里排前五名的。在我们认识这个社会的初期，衡量工作价值的标准单一化地等同于"金钱回报"。而按照马斯洛需求图谱的金字塔上行变化，在解决了最基本的生存需求以后，形而上学的精神需求就变得至关重要，一份能带给人"被需要"感受的工作，便是提供了除物质回报之外的更优解决途径。

我想起《流金岁月》里蒋南孙的前半生在她重男轻女的祖母面前受尽刻薄，早年因为一家的生活来源都仰赖于祖母的家产，她和母亲只得忍气吞声屈居人下。而后来家道中落，她成为一家之主，负担祖母的饮食起居时也只说："我并不爱她，我只是尽责，像逐个偿还债务，并不涉及感情，我姓蒋，跑不掉的。"

祖孙两人相依为命地讨生活，磨难使她们长大、成熟、老练，凡事都不大计较了，并且肯努力叫旁人愉快，即使略吃点亏，也能一笑置之。于是，便得福报。最后，南孙偷听到祖母劝诫教友"女儿有什么不好，孙姐妹，我老老实实同你说，儿子、女儿是一样的，只要孝顺你就行"时，忍不住掩门痛哭。

这似乎有点跑题，而我想说的是，获得未必带来快乐，着眼于索取，会变得计较并且永不满足，而付出和给予才是力量的源泉，让人变得丰沛。

这种颇具传教意味的观点大概并不讨好，这个时代的人对"圣母"型人格有一种天然的蔑视和嘲讽。反而对曲筱绡这种精致的利己主义百般推崇。物欲终结在获得的当下，这种获得只是消弭了对于物质需求的焦虑感，但它并不能带来持续的快乐。而付出，即便只是对于陌生人的一种极其轻微的善意释放，带来的边际效益却是递增的，让人觉得美好。也许这种"美好"的感觉正是来源于"对他人有用"这项价值确认。

从另一个角度讲，办公室难以提供一种沉浸式的办公环境，工作琐碎却并不饱和，既不完全使用身体，也并未能彻底占用脑力。

豆友"恋爱大王"曾写过一篇《愿世界少女都能自由选择安分生活，或奔跑至死》的文章，讲述自己在工作数年之后出国求学的经历：为了研究而阅读，跨越语言绞尽脑汁地生活，却意外地发现这种高度集中和深挖掘的思考过程，是能真正激活大脑多巴胺分泌的事。

这种彻底的快乐感是过去三十年无论我做什么工作和事情都无法获得的,并解释了我此前心中一直挥之不去的,因感到没有彻底"使用"自己而产生的空虚。

或许在很多人看来,这种空虚感带有某种矫情的特质,更像是一群吃饱了饭没事干的人自寻烦恼。吃饱了没事干是真的,而这种缥缈磅礴的无意义感,以及随之而来的抑郁情绪也是确实存在的。

而我,真的好想成为一个对世界有用的人。

那条未曾踏过的路

1

有一个"小朋友"在微信上问我:"你说我现在才申请去国外的学校念书,是不是太晚了?"这一年他二十七岁。毕业后在一个导演工作室从小助理做到了执行导演。

我想他问我,除了因为我虚长几岁,更重要的是他认为我是能说出"去做吧,什么时候出发都不晚"的那种人。

两三年前的我真心相信"人在什么年龄就该做什么事情"是一个天大的笑话。就像学习走路是婴儿成长到一定时期,根据本能发展出来的技能,但如果成年人根据"婴儿要学走路"这个经验去勉强训练,反倒不利于婴儿的正常成长。因为每个婴儿的发育周期不同,学会站立走路这件事,也有不同的时间和方式,像有的婴儿是从爬行开始过渡到走路,而有的婴儿从来没有在地上爬过,扶着墙慢慢摸索着就能走了。

人的生理成熟尚且还有许多差异,更不用说跟阅历、际遇等息息相关,充满因缘际会的心智成熟了。

可是当我经历了某个朋友因为年龄限制被求职岗位拒之门外,目睹了想生小孩的学姐因为久等不来的缘分而错过最佳生育期,听说了某企业"四十五岁必须退休"的骇人言论,便不再能笃定"什么时候出发都不晚"这种鸡汤似的金句,是否足以应对生活中的蝇营狗苟。

鸡汤之所以好喝,是因为它简化了生活,用个别成功的例证来安慰俗世中焦躁惶恐的心。我们爱听"人生不设限",可近年来我却无法否认生活的局限、时间的局限及人性的局限。闫红说:"《红楼梦》《金瓶梅》《水浒传》,以及《包法利夫人》《安娜·卡列尼娜》《飘》这些伟大的作品,都着重刻画了人性的局限性,正是这些局限性,让你想伸出手,拥抱一下主人公。你在他们身上看到了自己,自己的软弱、贪婪和无助,这些,并不是几个正能量的金句就能解决掉的。"

鸡汤企图否定掉的正是这些微渺、平庸而真实的人性。否定人生的灰色地带,粗暴地一分为二,好像那些落败的、失意的、短缺的、不幸的人都是因为"不努力"。鸡汤有毒,正是因为它对人生的局限缺乏悲悯。

前文提到的"小朋友"继续说：我若是能顺利毕业的话，回来可就三十多岁了，事业也许要从头来过。

这不值得担忧吗？不，这很值得恐惧。

可是我应该规劝他放弃梦想，做回一个循规蹈矩、平平淡淡过一生的人吗？不，我也说不出这样的话，毕竟，那也太无趣了。

所以说，喝了那么多鸡汤，依然过不好这一生。

2

龙应台在《孩子你慢慢来》里有一篇名为"野心"的文章，讲她一位大学时代"人很漂亮，永远冷冰冰的，孤傲不群，很有深度"的单身朋友来访，她一早起来收拾被孩子弄乱的家，还有缀着酱油渍蓬头垢面的自己。她小心翼翼，不愿意被朋友说成黄脸婆。她兴奋地跟好友谈论自己的理想和计划，不时被能量过剩的华安打断。文章的最后她写道：

妈妈给了华安一个火腿豆腐三明治以后，抬腿跨过玩具、跨过书本、跨过椅垫，跌坐在沙发上，感觉分外的疲惫。若冰在一旁察言观色，用很温情的声音说：

"这种种理想、计划,做了妈妈以后都不能实现了,对不对?"

妈妈软软地躺在沙发上,很没力气地:"对。"

"你后悔吗?"若冰问的时候,脸上有一种透视人生的复杂表情,她是个研究人生的人。

华安悄悄地爬上沙发,整个身体趴在母亲身体上,头靠着母亲的胸,舒服、满足、安静地感觉母亲的心跳与温软。

妈妈环手搂抱华安,下巴轻轻摩着他的头发,好一会儿不说话。

然后她说:"还好!"沉默了一会儿,又说,"有些经验,是不可言传的。"

3

我有一个写出过很多畅销书的作家朋友,住在木偶剧院后面的老式居民楼里。朋友们时常去她家做饭、烤肉,或是席地围坐配着炸鸡喝啤酒。她是个对生活有着细微体察的人,像她笔下的文艺生活,精致却不失烟火气。她早上起床,靠在朝东的阳台边慢慢地喝一杯白水,看阳光被枝叶筛成碎片,随风跳跃,听窗外啁啾鸟鸣、楼下淡淡的人语和点缀其间清脆的自行车铃响。她每周一、三、五去北邮游泳，二、四、六去方家胡同学习现代舞，白天写作，晚上看书观影。我一直羡慕她充实且有序的生活。

后来她结婚了，跟先生搬离北京，到一个小城市过起了相夫教子的家庭生活。

有一次我发了一张我们以前常去的咖啡店的朋友圈，她评论说有些怀念。我私信问她："你觉得离开北京对吗？想回来吗？"

她回了简单几个字："我觉得对，也想回去。"

你看，真实的人生并不是简单的两分法。"顾此"并不意味着一定要"失彼"。人生是向前奔腾的河流，并非一成不变。我们的梦想会变，对幸福的定义会变，对得失的判断会变，对人性好坏的摘拣也会改变。

抉择需谨慎，而选择并不可怕，每一种选择也许意味着明确的舍弃，而步履不停，却不知道在漫漫征途上会偶遇何种收获。

那位作家朋友放弃了北京热闹的文娱生活、纷繁精彩的社交圈、寂寞又美好的单身日常，却在小城市经营出另一番田园况味。在下雨堵塞的车流中还有闲情欣赏车窗雨滴上的流光变幻。家务闲暇还偷玩一把德州扑克，居然也赢了不少钱。她还在书写、创作、观察，凝练另一条路途上的锦绣人生。

人生，
就是细细地吃好每一餐饭

我有一个很要好的朋友，我什么都喜欢跟她一起做，唯独不喜欢跟她一起吃饭，因为她对"吃"这件事过于清心寡欲。晚餐经常就是两三片饼干，或者清水煮个挂面。她并不是节俭，她买价格不菲的衣服和包包，她只是对吃毫无兴趣而已。

我们每次一起出去玩，总会因为吃的问题不欢而散。她觉得我对于吃太过郑重，而我却总是抱怨她饮食过于浮皮潦草，一个连吃都不喜欢的人，怎么会热爱生活？她新房落成，邀请我们去热锅灶，我兴致勃勃地赴宴，以为就算没有珍馐美味，也至少会准备几个家常小菜吧，没想到却只有一锅粥而已。

我一边喝着清粥一边在心里发誓，再也不会来她家吃饭了。

那天的夜宵我吃掉了整整一盒炸鸡翅。

我一直认为会吃的人更有精气神。小时候放学回家，接近家门闻到妈妈炒菜的香味便觉得开心，没有什么比混合着油烟味的菜香更让人安心的了。所以后来租房，厨房便一直是我考察的重点。我固执地认为，厨房是一个家的灵魂，没有厨房的家装潢再精致，也像一间客栈，安慰不了客居他乡的游子魂。

有一段时间待业在家，白天大多无所事事，看书、观影，或是搬个椅子坐在阳台发呆，一到下午四点，就像即将赴约一般，换好衣服出门买菜。

那是一条烟火气十足的街，道路很宽，两旁是遮天蔽日的大树，远远望去是一片绿色的穹顶，人行道两侧热闹地挤满了便民小店，有卖煎饼的，有卖水果蔬菜的，五谷杂粮一应俱全。

我总是跟在大妈后面，有样学样地挑选、砍价，顺便交流一下烹饪心得。有一家卖腌卤制品的店，胖老板格外和气，总是额外赠送一小份小菜，让一个人的晚餐也能丰满充盈。在那条街上生活了三年，即便只是下班路过，老板也会在柜台后笑着招呼，像是只存在于记忆里的邻里情。

我的一切日常所需几乎都能在这条街上解决。树荫下经常会有几个大爷下闲棋，我有时也会混在人群里看上一阵，在一着险棋之后频频啧嘴。

Part 1

只要还能吃，
就没有过不去的坎。

这条街上的市井气息，消解了我对人生的焦虑不安。那些体现在斤两之间的计较，分毫之间的精明，那些降格于柴米油盐之中的对生活的热衷和执着，比书本上的格言警句更能安抚人心。我外婆常说：只要还能吃，天就不会塌下来。

有时候我想，四川人的乐观，大概跟美食文化有关，他们身体力行地诠释那句话：只要还能吃，便没有过不去的坎儿。

并非只有山珍海味才是一顿好饭，一餐好饭也许只是一碟青菜配一碗白米饭而已。我喜欢那些把粗茶淡饭也吃得十分精致的人，吃是一种仪式，是对食物的敬畏，更是对生活的重视。

"吃好了人生才会好"并不是一句无中生有的说辞，而是食物总能给那些不如意的人生留存一点温暖。

风大雨大的日子，只要还有心情为自己煮一碗面，加两片青菜叶子，再卧上一个鸡蛋，人生就还没坏到哪里去。

看一个家庭，可以看看他们的厨房。看一个人，可以看看他对吃的态度，爱吃的人大多会是有趣的，而有趣的人总有那么一点力量让自己在逆境里仍对命运保有一丝幽默感。

曾经看过一句话是说，爱他就是陪他吃很多很多顿饭。但其实，不论是和他，还是和自己，甚至是和生活，我们之间的交情都是一餐饭一餐饭吃出来的。

人生几十年，一日三餐，请吃得好一点。

致我们三十而立的天真任性

我有一个朋友,近些年爱把一切任性妄为的行径归结于"我都三十岁了"。例如:"我都三十岁了,凭什么还要被人指点人生?""我都三十岁了,干吗还要去讨好领导?""我都三十岁了,就应该率性而为,让自己开心。"

好像,三十岁便是一个成人礼,可以把二十几岁初入社会的怯懦、软弱、拘谨报复性地还给这个社会。

如此宣言,气势如虹,掷地有声,而这个世界并没有给三十岁的人豁免苦难的权利。我们不是王菲,我们还得在内心的出世和生活的入世间寻找平衡。

就像在柯晗新年第一篇公号文章里一位六十岁的研究员说的:

年轻时我总认为，人生会在不久的将来迎来一个黄金时代，一切都变得顺利、有序、直接。我现在六十岁了，而我想告诉你，这个黄金时代从没有出现过。

相反，我过了三十岁却变得杯弓蛇影了。记得十几岁的时候，为了一点小事跟一个男生打架，那时候男女体格发育已经分化，男生的力气已经远超女生，而关于礼仪修养的淑女范儿已经开始在女生心里萌芽，而我为了那一点不能服软的自尊，在大庭广众下跟他拼个鱼死网破。

再大一点，因为数学老师徇私舞弊，给去她那儿补课的同学改卷子加分数的特权，我带头在课堂上跟老师作对，并联合全班大部分同学写联名举报信，为了给十几岁时对于公平的理解讨回一个公道。

小时候对于舍生取义的壮举，大概重点从来不是所谓的"义"，而是一种不能认怂的心态，滋长出来不为瓦全的野蛮。小学五年级，班里的女生已经学会拉帮结派杯葛某一个独立的个体，我因为不愿意"同流合污"成为新一个被孤立的对象：文具盒被悄悄摔坏，出操的时候被扔石子，作业本上被写上乱七八糟的羞辱句子。我希望妈妈能去学校帮我出头。我妈却告诉我，父母不可能庇佑子女一辈子，你总要自己想办法解决。

后来，有诸多困境，竟凭着这般"因为没有人保护，所以才要更强悍"的心态，跌跌撞撞地走过来。以至于成年后初次见面的人，总对我有一种错觉，认为我孤冷，这大概便是过分自尊的后遗症。

三十岁过后，好像突然松懈下来，也许是皮糙肉厚了，觉得偶尔认个怂也没太大关系。也许是明白"苦难"这个词有了更实质性的意义，不单是孤勇可以抗衡的。或者偶尔我也愿意把这种改变美化成一种圆融和成长。

记得八年前，在东二环通往簋街的路上，我跟师兄李因为"人是否能初心不改"争执得差点跳车走人的时候，是多么相信人只要有一技傍身，便能天下无敌。所谓一技，或是才华，或是美貌，或是财富，或是对于所求之物愚钝的执着。那个时候，对于世界的理解单纯而扁平，有些偏执的一元论，不太能理解成败随缘、聚散有时，没见识过"三十年河东，三十年河西"的命运起伏。

记得十几岁的时候，跟我妈抱怨她没有给我一副靠天吃饭的好皮囊，想必之后的人生一定坎坷不平，而我当时的好朋友肤白貌美，以后必定叫天天应，叫地地灵，一生无忧。我妈也不认真跟我理论，只是笑着说，人生还长。

后来，我未见得有自己想象中的命途多舛，而我那位美丽的女同学也并非一帆风顺。再加上随着年龄渐长，外貌的天然差异不再明显，而审美观念也愈加多元化，我们并未就此过上天差地远的人生。

《陆犯焉识》里恩娘冯仪芳对陆焉识的三字总结是"没用场"。

也许是明白"苦难"这个词有了更实质性的意义,不单是孤勇可以抗衡的。

一般此类"没用场"的人,都有一身本事,误以为本事可以让他们凌驾于人,让人们有求于他们的本事,在榨取他们本事的同时,至少可以容他们清高,容他们独立自由地过完一生。但他们从来不懂,他们的本事若在孤立状态下很少派得上用场,本事被榨干也没人会饶过他们,不意间自身已陷入一堆卑琐事务,甚至参与了利益勾结和人际纷争,失去了他们最看重的独立自由。想必才华也并非遗世独立的不二法门。

现在的我,纵使尚未懂得对命运感恩,却也难免谨小慎微,明白这一时的欢愉、顺遂大概也只是问天来借数十年。我却很喜欢那位朋友"我都三十岁了,凭什么还要委屈自己"的豪言壮语,有些倚老卖老的天真任性。好像在这个无常的世界里,熬过了年头,便有现世安稳;好像在不远的将来,真的有属于我们的黄金时代。

老地方相见，
如果你发现你还有留恋

2001年《你要去哪里》告别演唱会的最后，唱完了《相信》，在大合唱的"啦啦"声里，台下两万人执着地不肯离场，阿信在台上说，回家吧，回家吧，没有歌可以唱了。

那个时候的他们也许不会想到十几年后，"五月天"会成为一种千万人朝拜的"宗教"；或许不曾预料到他们的故事会被写进教科书，变成一代人的传说；不会想到会有一天，他们的歌迷连能容纳十万人的"鸟巢"也装不下。而那个时候的我，正忙着应付高考的压力，没有演唱会可以看。能做的不过是在令人发昏的政治课上一遍一遍写着《一颗苹果》的歌词；下课飞奔到同学在学校附近的临时住处，只为了收看当天六点播放有他们专访的娱乐新闻。

后来他们逐渐成为"征服滚滚乱世,
万人写诗"的传奇。

听说他们进军内地的起初,只能在北京四环边的一个小酒吧里做拼盘演出,还得忍受着台下听众对于"港台流行"的嗤之以鼻;听说他们曾在哈尔滨的签售现场,面对寥寥数十人的歌迷,恨不得把签名写成作文;听说他们刚到成都宣传的时候,记者以为"武岳天"是一个从台湾来的偶像歌手。

2013年8月17日演唱会之后,老朋友找出2006年他们去成都宣传的老照片,感叹那个时候的主唱正当青春年"瘦"时,那时候的他有温暖柔软的手掌,值得让有幸握住的人记挂一辈子。

那时的我们多希望他的眼睛是一架性能精密的仪器,无论是烈日当头的露天广场,还是光影纷繁的演出场馆,在交错涌动的人群里,在那双视觉神经密布的薄片里,能投下哪怕万分之一毫厘的注意。

后来他们逐渐成为"征服滚滚乱世,万人写诗"的传奇,演唱会一场接一场地开,宣传一场接一场地跑,那些逗趣的故事、动人的感谢逐渐变得程式化。而我们也像所有不被时间豁免的人一样,忙着长大,忙着毕业,忙着工作,忙着赶往人生的下一个阶段。有人走散了,有人淡忘了,留下一些人固执在歌曲里,把年少单曲回放。

即便他再也不是《终结孤单》最后的巷口那个被撞开时一脸错愕的男生,我也不再是跨年倒数时在一个人的窗台写下"突然很想见到你"的女生。而再不会有一个乐团会像他们。他们无形地参与了你的青春,你默默地跟随了他们的年少至年长。就像两段平行的线,无从交会,却可以互相陪伴。

传说中的世界末日最终没有到来,最后时间还是照常流失,带着劫后余生的期盼或是末世狂欢的念想登上"诺亚方舟"的人,只是匀速变老了三个半小时。

也许后来,我们终于变成了穿西装打领带的公司白领,或者有板有眼教育小孩的爸妈,或是挎个篮子在街市流连比价的中年妇女。安于室,安于年龄渐长,安于老去。如果什么值得记挂,那是我们曾一起在蓝色的海洋里漂流过,一起在手机组成的星光里闪耀过,一起纵情欢唱过,一起怀抱梦想过,一起在青春的末日里挣扎过。

所以,老地方还能相见,如果你发现你还有留恋。

不要对这个世界失去好奇心

学姐 Zard 趁着工作间隙来了趟北京,和我见面之前,从南五环赶到北五环外的杂书馆,在那里过于尽兴,甚至忘了和我约好的时间。"你知道吗,我在杂书馆看了一份一百年前广州办的报纸,那时候的新闻自由很有时代特征,报纸上的内容五花八门,太有趣了。"她眉飞色舞地跟我讲述各种见闻。

我忍不住想,这就是我这么爱她的原因,她那么有活力,热情,在这个年纪仍一直保有对世界充沛的好奇心。以至于每隔一段时间我就要去她的豆瓣、微博、朋友圈接受一番洗礼,她简直是我庸常生活的充电桩。

记得几年前初入职场,公司群邮件做自我介绍的时候,多半会捎带一句:兴趣广泛。是啊,手作、烘焙、读书、看电影、听音乐、

丧失好奇心的同时,会失去与这个世界的联系。
也许"平庸"是比"不好"还要糟糕的事。

下厨房。以前下班,为了吃一顿吉野家的肥牛饭,急急忙忙赶去市场买上好的肥牛,用进口酿造酱油腌制,切好片的胡萝卜,还用小刀雕成花瓣的模样。跑了三家店才买到的西兰花,没有那一点翠青来搭配萝卜的橙红色,总觉得不够完美。如果当时你问我为什么不直接去吉野家吃就好,我会翻一个白眼给你:当然是为了享受生活的乐趣。

而近年来,这点对于生活的热度似乎正不知不觉地流失,晚饭时常是从便利店捎带一个饭团,或者胡乱吃一颗苹果,再不济买一堆零食,窝在沙发里看一集日剧。

生活并没有何等变故,没有真实而具体的烦恼,没有失恋,没有失业。生活一如往常,只是少了一点喜欢,对食物的喜欢,对惹花弄草的喜欢,对新鲜事物的喜欢,对一切琐碎而精致生活的喜欢。

上一份工作的90后实习生,一开始还尊称一句D姐、D老师,之后因为中二气质,迅速混成相互吐槽逗哏的朋友。他们跟我抱怨公司一位80后、人称"能哥"的同事,"能哥"不姓能,只是因为好为人师,什么事都喜欢指点一二,上到国家政经局势,下到职场潜规则没有什么是"能哥"不知道、不了解、不谙熟于胸的。茶余饭后,总爱对在座的晚辈略做点评。当然也有"能哥"插不上嘴的时候,90后的新番、流行词汇、社群文化等等,即便是这些鲜有耳闻的资讯,他也得语带嘲讽地来上一句"90后的玩意儿"。每次开会有人拿网生代的热门案例来做分析,"能哥"总是率先出来批判一番,批这个社会的年轻人浮躁、浅薄、粗鄙。

对于实习生来说,"能哥"俨然活成了一个故步自封的人,对新鲜事物缺乏好奇、谦卑之心,对青年文化有一种天然的敌对。他似乎忘记了自己也曾经年轻过。

我想起我才工作的时候也遇到过这种凡事"为你好"的知心姐姐。你满怀激情地跟她分享穷游的乐趣,她觉得那只是买不起头等舱的自我安慰;你在社交网络上分享一张制作橡皮印章的照片,她留言评论说这些都是精致而无用的乐趣;你因为一个充满理想主义的选题跟她讨论一二,她则语重心长地指点你"不接地气"。跟她的每一次谈话,都像是盛夏的艳阳突然遭遇西伯利亚的冷空气。我想也许我们只是道不同,而她毕竟比我阅历丰富,毕竟只是为我好。

后来,公司来了一位记者出身的营销编辑,因为对书的热爱放弃了高薪的工作,选择来出版社释放自己的热情。由于她对整个出版行业的陌生,以及出于记者对新生事物的敏锐捕捉,提出了很多大刀阔斧的改革方案。但是触碰到了很多被体制惯得一身毛病的人的利益,工作屡屡受阻。我很喜欢这个意气相投的新编辑,却总是被知心姐姐循循善诱,要远离这种不合时宜的人。当时豆瓣还是一个不被重视的小阵地,微博也尚未形成气候,而当初被认为"无用功"的作为,目前已经成为日常营销不可分割的一部分,而这个不合时宜的营销编辑蹚过的浅沟,变成了供养生命的河流。

后来我才明白,那些打着"为你好"的名义干涉你的人生,并试图以一种过来人的身份对你横加干预的人,不过是一个个惧怕未知,厌恶新鲜事物,担心城池失守的人。这种人有一种近乎苛求的

"单纯"，行事逻辑也很直接，那就是：我有的东西，你们应该都有；而我没有的东西，你们也都不要有。王小波不是说过吗，我们总说傲慢与偏见，其实事实的真相是我们大多看到自卑与偏见。

世界在变，人也在变，如果什么东西保持一成不变，那一定乏味极了。想想我喜欢的朋友，总是那些每次和他们见面都能聊得很尽兴的人，他们敢于尝试，思维创新，却也更加包容。所以我们聊天总能碰撞出新的火花，并惊讶于对方身上的变化，因为彼此都还在孜孜不倦地向这个世界寻求答案和探索未知。

真正心态开放的人，包容不同，接纳新生。他们不会以自己的"是"，随便去定义别人的"非"，是随着生命的流淌，总能发现美好的人。

那些我们自以为是的现世安稳，也许经不起推敲。日新月异的世界与人际，怎么能容忍有人在此处安睡不变？而丧失好奇心的同时，会失去与这个世界的联系。也许"平庸"是比"不好"还要糟糕的事。

写这篇文章的时候，刚好收到学姐 Zard 发来她北京行错过的智化寺京音乐的乐谱，这种被列为国家非物质文化遗产的古乐曲，是从明代流传至今。看着这些天书似的乐符，恣意张扬，用几个世纪前的音律敲打现世灵魂，仿佛在说，要对这个世界满怀好奇。

要过有趣的人生，
变成有趣而不扭曲的人

昨天，一个小伙伴正式宣告离职，于是病友群里就只剩下零星几个仍在旺旺上亮起的头像。

病友群是我上一个就职公司的同事群，但群里从不聊正事，是一个大冬天一起在老城区瞎逛，隔三岔五组团去各大高校后门寻找美食的松散组织。我们迅速相熟起来的原因大概跟前一个部门解散有关。现在想起来，这个部门司职的算是集团里的一块边缘业务，大概因为是文化相关产业，也就聚集起一帮臭味相投的人。在这段短暂的职场繁荣期，我们都有一种改变世界的职场荣誉感。这是一种对自己正在深耕的事业深深的认同感，一种觉得每一天都很有意义，每一分耗费的心力都很有价值，超越物质回报的满足感。因而当这个短命的事业部骤然宣布解散，失望、不甘和迷茫让我们迅速

靠近，相互取暖。

宣布解散的隔天，大家照常来到公司，在各自的工位上磨洋工。我转眼瞥见窗外晴空万里，天气好得让人想结婚。于是我突然提议翘班出去玩。我们一行八个人，按照攻略原本打算去某个近郊看芦苇荡，结果迷路开去了径山寺，趁着闭门前，进去膜拜。那天阳光那么好，晒得每个人都似披了一身荣光，大概谁都没有想见，职场上的黑暗期已悄然来临。

小飞侠说，我想过更有趣的人生。我想大概很多自诩为成熟的人，会觉得在职场上寻求趣味和友情是一件幼稚的事。而工作作为一种谋生的手段，却耗费了我们人生三分之一的时间，从某种程度上决定了我们大部分清醒的时间是和什么样的人与环境相处，几乎也决定了我们快乐与否。对于那些说"职场不是用来交朋友"的人来说，没有体验过与一群志同道合的人一起并肩作战，没有体验过那种期待上班、期待在楼道里或电梯口见到熟悉面孔时互相道的那声"早安"、期待为了一个新版本的上线而各自带了零食一起消夜的愉快，真是一件颇为遗憾的事。

当然，现在的我已经过了那种非此即彼、黑白分明的年纪，我也明白人生的好多事都是可遇不可求，体会到"将就"也不再是一种消极的妥协，不在一个标准化的群体里刻意保持特立独行。但我始终相信，我们跟任何一个人、一群人的缘分都是短暂的，学校也好，公司也罢，不过是一个一个具有不同赏味期限的容器，这些匆匆走入又默默淡出的人不可避免地会给我们留下一些记号，无论好坏。

当一个团体以所谓的价值观对其成员进行校对的时候，需要强大的自省、人格独立才能不至于在大一统的价值体系里丧失人格的独特魅力。一个伟大的企业或许需要一些坚定的信念才能做大做强，而这些逐渐沉淀下来的经验教训就成为集体价值观的前身。我认同这些信条期待的美好和公平，但我们也必须意识到当一个集体庞大到一定程度，这种价值观的贯彻，必然经历逐层损耗，甚至沦为基层领导人员的行政手段。

一个人相容于群体，是一件幸事。如若与群体格格不入，做到良性沟通保持善意的基础上，保留一点独特的个性，未见得是一件多么天理不容的事。不过大部分人党同伐异的个性，使其对异类常常不具有包容性。特别是身为领导者，总是试图通过改造异己分子，来营造一团和气的繁荣假象。

我任职的上一份工作，领导是一个情绪无法自控、边界意识极度模糊的人，对下属业务的批评时常延烧到人格侮辱的程度。开会，光听她骂人就能听几个钟头；周末微信里交代事情，如果有人没及时回复，就会被影射为不回复的就不用来上班了。时不时旁敲侧击打听下属对她的评价，对团队成员不积极参与下班后的团建活动，带有一种个人被忤逆的愤怒感。我想她大概是极度缺乏安全感的人。

而在这种高压的领导氛围下，同事之间变得格外谨慎，不知道哪一句无心的话就被加工成领导耳里不忠不义的叛逆。有一个周末，一个同事心急火燎地让我帮忙写一个项目介绍，我在饭桌上加工了半天终于发过去，下一秒领导就在群里粘贴我的劳动成果，@我，

让我在他撰写的基础上再行加工。我以为他会在群里开个玩笑化解尴尬，解释一下这本来就是我的创作，即便迫于压力不便直接应对，至少会发个私信说句不好意思，然而他却私信拜托我不要说是我写的。那一刻我不是生气，也不是愤怒，只觉得他挺可悲的，这并不是值得歌功颂德的伟大事业，我相信他不是虚伪也不是贪功，只是怯懦，连最基本的尊严也无法坚守。

另一个同事，总是在业务讨论时说一些四平八稳谁都不得罪的话，私下向我授教：咱们这个群体就是多做多错，不做不错。这种看似深谙职场之道的圆滑，真的就是成熟吗？

前两天一个朋友递交了离职申请，发消息说有些忐忑，不知道是错是对。我回她：就是错了又能错到哪里？我们有时太聪明，精于审时度势，一时荣辱；我们也常常太狭隘，不料人活一世，海阔天空。

在一个隔膜的环境下，耗损的是宝贵的内在能量，尤其是对一些注重灵魂感知的人来说，会让感知变得迟钝麻木，无法感受当下世界里微小而确实的幸福。它会引发一阵连锁反应，让人失望、悲观。从某种意义上来说，人是无法改变的，尤其是这种改变不是来源于内心，而是来自外在蛮强。我从来不赞同那些"人无法改变环境，只能改变自己"的话。人或许无法改变环境，但却可以选择环境，去选择适合的土壤，去结原本属于真我的果子。

我从上一份工作离职以后并没有立马收获现实层面的物质回

报，我依然是一个在链条上兢兢业业的螺丝钉。但我真切地感觉到自己活过来了：能闻到初夏暗巷里飘散的花香，傍晚的风温柔轻盈让我愉快，周日午后的阳光懒散让我幸福，朋友相聚谈书论道、品酒饮茶，虽然依然会有艰难困苦，却也觉得这一生不枉来过。

所以，要过有趣的人生，变成有趣而不扭曲的人。

"不用那么努力的,如果痛苦的话"

1

大概从"正能量"开始流行的时候,那些追求卓越的人,便开始以惩罚自我的方式来成长。

开策划会议,从来不迟到的莱荔晚来了十分钟,一进办公室她就一边道歉一边从包里掏出电脑,脸色发青,耳朵上挂着口罩。她匆匆开机,与此同时挤出笑脸来跟我们说:"不好意思,我刚去了趟医院,不过不用担心,我已经在路上把策划书赶出来了。"

不过莱荔的病比她自己所预想的要严重,在这之后的三次会议,她都迟到了,虽然每次都不超过十分钟,但她的脸色一次比一次差,歉意也逐次累增。

"真的非常非常抱歉,因为我生病给大家添麻烦了。"莱荔忍着闷闷的鼻音跟我们道歉。

2

这是一个"反人性"的时代,求职面试时不得不彰显自己追求卓绝的野心,我们必须拥有超强的自控力,"自我实现"成为新时代追名逐利的褒义词,一切享乐主义都是可耻的,因为不符合这个时代对于上进的理解。

我的上一任老板,有一次找我谈话,问我:你觉得自己到底属于大女人,还是小女人?我知道她的潜台词是觉得我在朋友圈里养花养草,做做烘焙看看展,不符合她对于优秀员工的认定。她心目中事业型员工的模板是:动辄分析行业格局,每一幅滤镜加工过的照片都是深夜办公楼,转发的每一篇公众号都是行业分析的文章,休闲娱乐必须是某个专业讲座拍照留念一日游。

且不论,追求事业成功的大女人和安于生活的小女人是否能分高下,我内心本就排斥在朋友圈里把生活过得像连轴转的陀螺,好像公司少了你就运转无能似的。而事实上,现代化的精细分工本质上就是弱化单独个体的职能权重,把每个人质变成产业链上的一颗螺丝,标准化,机能化,便于替代。这个世界少了谁,太阳依然照常升起,这句话听起来很丧?那是因为大部分人都还没能接受自己作为普通人的设定。

支撑这个世界正常运转的不是改变世界的乔布斯、雷布斯、马布斯,而正是那些在自己的岗位上兢兢业业的不具名的平凡人。

3

这个时代的"反人性",是一种英雄崇拜似的、唯成功论的单一价值体系,它培育出一个个过分严格的超我,使得我们憎恶平凡,害怕普通,对于失败和犯错零容忍。它从方方面面教育我们:不要迁就自己,不要怪罪外力,你犯错、失败,都是你还不够努力。

我们逐渐把自己逼向了自责成瘾的绝境。

"不好意思啊,妈妈生病了我却没办法陪在身边照顾。"

"不好意思啊,跑了这么多趟还是没能签下这笔订单。"

"不好意思啊,这个忙我实在是没办法帮,真的是非常抱歉。"

"不好意思啊,我努力让自己不生病,但好像医生开的药并没有起到作用。"

"不好意思啊,都已经到了这个年纪还单着,我也不是故意要让长辈们为难的。"

"不好意思啊,虽然我挺委屈的,但是这样没用的我真是令自己也讨厌,是我不够好,我很抱歉。"

……

失败和无常构成了日常,而因为我们鲜少能坦然接受自己的"人性",拒绝承认自己的无能和无可为,由此容易陷入一种消极评价的情绪,缺乏一种温和的自我体谅。"新世相"里把这样的自我体谅定义为是"清醒的"。"清醒"的意思是,明白困境是平等的,人人都会遭遇挫折,不值得大惊小怪和妄自菲薄,同时,你也要了解一个人的能力有局限,没有人可以胜任所有事。

就好像莱荔的故事,她本来就是个身体欠佳的瘦弱女生,因为长时间的加班和日夜颠倒而发病,这完全是顺应因果逻辑的,却在她的自我愧疚和反复拖延中把病情加重,陷入了恶性循环。人在生病时,体悟感受都会被放大,一件可能在平时能轻松处理好的任务在此时反而变得艰巨。我不知道莱荔在那段时间里最真切的感受如何,但我能看到她在每次会议结束后都猛烈地咳嗽,以及怎么也掩藏不住的巨大的沮丧感。也许在这几次的自我失望叠加中,她轻而易举地把总结教训转化成了认定自我"不够好"的过程。

打击和委屈往往是相伴相随的,更何况这还是发自内心的深层自我打击,而人怎么能依靠不断承受委屈来变得强大呢?

4

最近拉着身边陷入自我苛责怪圈的朋友们一起看了一部电影——雅人和宫崎葵演的《丈夫得了抑郁症》，根据真实事件改编的治愈电影。选择这部电影的契机是因为饰演妻子的宫崎葵在里面说的一句话——"如果痛苦的话，就别努力了。"她用来安慰自己因强大工作负荷而患抑郁症的丈夫，也安慰自己伪装强大的女性朋友——已经没有感情基础，却还要考虑组织夫妻团契活动的行程，因此把离婚安排在年后的女白领组长。可是看完全片你才知道，她并没有不努力，她只是让那些永远把错误归咎于自我的"负能量型人"，稍稍放松和转移，全面接纳自己的不足，才能在有一天真正成为更好的自己。

抑郁症和抑郁情绪正在成为这个严苛时代的时代病，电影里的丈夫在得知自己患上这个病症的时候，回家跟妻子说的第一句话也是："非常抱歉啊，我得了抑郁症。"可是就如影片中的心理医生讲的那样，为什么人们能允许自己的身体偶有感冒不适，却不能接受自己的心灵也会患上感冒这个事实呢？

多试着用不同的声音跟自己说话，也许这次还在坏事前哭着委屈自责"对不起，我不够好"，下一次就能带着遗憾的口吻，却能保持平常心态说出"我做不到，下次再试吧"。

每一种选择都会有遗憾，
每一个遗憾都会有转机

Part 2

她拔根而起，
把自己活成了一座移动的岛屿

初中的时候，陈甜甜、我和另外一个女生一直维持着一种铁三角的死党关系。可是一毕业，那个女生仿佛人间蒸发，从我们的世界里消失了。除了QQ，我们有各自家里的电话，熟悉彼此的家庭地址，保存着163动漫聊天室的登录账号，依然生活在同一个城市，可是，从此，这个人便音讯全无。

时隔数年才从一个关系疏淡的同学那儿听闻关于她的只言片语。

每个人生阶段总会有这么一些人，无论当时多么情真意切，真心相待，珍惜着这份相遇，希望能长长久久，可是他们像途经的渡轮，一旦离港便杳无音信。

我们之间没有怨怼愤恨，
这一段感情，长而劳累，却不苦涩。

忘了在哪里看到过一个小镇少年的故事，经历过一段鸡鸣狗盗的叛逆青春，后来在劳改所里改过自新。当他重新回到小镇，无论怎样一心向善，却始终无法得到信任，一旦发生盗窃案，他总是第一个被怀疑的对象；去亲友家串门，却撞见对方收拣细软的慌张。我们喜欢浪子回头的故事，却也习惯把人看死，不相信脱胎换骨的人生。

人的固有观念太难改变，少年只能远走他乡。

我有一次参加一个饭局，意外地遇到一个高中同学，因为跟记忆中的她相差实在是太大了，所以我一时不敢相认。而我刚落座，就感觉她神情极不自然，像是相识却又不愿意相认。后来一个共同的朋友突然向我介绍她，说她好像是跟我一个中学的，我立马想起来她是谁，可是看她闪躲又不便否认的样子，我只好说，看着眼熟，但应该是不同届。

其实这没什么值得评说的，一个人有选择以什么样的面貌生活的权利，无论是改变容貌、身材还是言谈举止，甚至是性别。我真的十分理解，那些终于活成自己理想中的样子的人，突然遭遇旧识的局促感。不是每一个人的过去都温情脉脉，也不是每一个人的十七八岁都充满青春的芬芳，那些有故事的人，那些憎恶过往的人，那些受过伤流过血的人，总是更愿意与过去划清界限，斩断那些与过去有千丝万缕关系的人。

像一段逝去的感情，当最激烈的情绪消散，才能清楚地看见自身的缺憾，才能从对对方尖锐的指责中客观起来，才能明白走到最后的局面，不是简单的是非对错，不该是某一个人的承担。接着，便能和解，想起对方的温情和善意，才能说出"我们之间没有怨怼愤恨，这一段感情，长而劳累，却不苦涩"。

即便如此，却也无法回头，那些疲劳的记忆，变成镣铐，滞碍想要变好的勇气。只能折叠好在这里得来的经验和教训，在下一段感情里，重新来过，变得更好。

那些定义着我们的过去，对于一些人来说是经线和纬线，记录着我们从何而来；对另一些人来说，却是纵横交合的桎梏，烙印着我们无法否认的不堪和落败。

我终于理解了那些从我生命里拔根而起的人，他们活成了一座移动的孤岛，而我，便是留在那片陆地上他们想遗忘的过往。

每一种选择都会有遗憾，
而每一个遗憾都会有转机

马小姐提着一个大号透明塑料袋，结束了她为期一个月的职场生涯。在五道营胡同昏暗的路灯下，听着塑料袋里办公用具摩擦塑料窸窸窣窣的声响，我突然，好想笑。

马小姐说，心里某个愿望特别强烈的时候，会被天使听到，愿望就会实现。大概听到她想回家睡大觉心愿的天使涉世未深，才以这种喜剧情节替她实现了愿望。

马小姐这段短命的工作，起初是因为我和名媛的拼命撺掇。她上一份工作不温不火，才过了半年便出现严重的职场倦怠：本职的工作只需要稍稍努力便能应付，剩下的时间全用来平衡老板摸不清头脑的脾气和工作价值的确立。这份工作说起来很闲，却又耗费了太多精力，以至于在工作之余也变得涣散，提不起劲头。

换了好几份工作以后，她终于确认，自己还是喜欢做和文字相关的工作，喜欢文字工作者的脾性，那种微酸略带矫情，却又充满理想主义的天真个性。这种个性像是一枚加了柔光的滤镜，用一种玫瑰色的暗示，让我们感觉良好。

只因为这一点，我建议马小姐换工作，回到内容领域，重新捡起对于生活的热情。然而这份带着人文情怀的工作，很快就因为权力斗争，殃及池鱼，让蜜月期还没过的马小姐提着一塑料袋的书和文具，悲催地回家了。

我上一份工作也终止得颇为相似，刚刚站上舞台，准备大展拳脚，一个回合刚过，就被裁判宣告结束，徒留一腔凌云壮志。但凡真正喜欢的工作好像都做不长久，好像"理想主义"这四个字里就隐隐暗含了一种悲壮的气氛。

于是"人生落败组"的成员们为了给悲催的人生增添一些笑料，以自嘲为名，举办了一个吐槽大会。

名媛作为一个流连于北三环各个文艺饭局的社交达人，当初也是打一个电话要鼓足半天勇气的菜鸟，电话一接通心就扑通猛跳，默数着一、二、三，第四声刚过，就赶紧挂上电话，安慰自己，是没人接。曾经工作过的一家小型会计事务所，打扫的阿姨没有来，老板指派她去扫厕所，关上门眼泪就掉下来。看着眼前这个举手投足散发着女神自觉的人，一想起她一边哭一边刷马桶的画面，对不起，我又好想笑。

"如果美女都曾遭遇过这些的话，那我等普通人也就没啥好抱怨的了。"雯是今年部门被打分最低的一个，很有可能拿不到年终奖，甚至被调离现在的部门。

雯说，很多事真是料不到，年中的时候还被评为最优秀员工，只因为换了个领导，到年末就被打了个最低分。果然祸福难料。

雯是个工作很用功的姑娘，给她发微信常常要很久才能收到回复，因为她上班的时候实在是太忙，但等到下班又是晚上十一二点了。久而久之，朋友们就很少给她发微信了。接着她拍案而起：老娘冒着丢掉朋友的危险却得到了一个部门最低分！本欲活跃气氛的夸张姿态并没有收获意料中的爆笑，大家勉强拉扯出的笑容僵在脸上，让气氛有些尴尬。

善解人意的小美顺势接过话题，先是外婆去世，继而父母离婚，她奔走在北京和家乡两地，心力交瘁。她说，外婆去世对于她是心碎，因为她是外婆一手带大的。从小父母关系就不好，从小到大她都盼着父母能离婚，结束吵吵闹闹的日子，她真的受够了。但当父母真的离婚之后，她却又很心酸。以前不管怎样过年回家都还是一个团团圆圆的家，但现在，她都不知道过年是去爸爸家，还是回妈妈家，或者索性出去旅游，谁的家都不回好了。

时间很强大,
会把我们打磨成意想不到的人。

一开始本来是热热烈烈的吐槽大会，说到最后大家却都有些情绪低落，原来每个人的人生都有着这么多不足为外人道的苦楚，如果当事人不说的话，就算身为好朋友可能也不会有过多了解。

马小姐的妹妹马上要生小孩了，生日很有可能跟她是同一天，但她却并不是很高兴。她说希望那个未出世的小女孩，人生比自己更顺遂一些。

但到底谁的人生是完全顺遂的呢？好像遍寻身边人，也很难找到一个。

每个人都有自己的愁苦，都有一些隐秘的被藏起来的痛。刘亮程在《寒风吹彻》里说："落在一个人一生中的雪，我们不能全部看见。每个人都在自己生命中，孤独地过冬。"

《步履不停》中阿部宽饰演的小儿子的自语"为什么我的人生总是慢半拍"，恰好点出了我们这群大小孩的心声：在一些事情上惊人的早慧，却又在人情世故上表现出不合时宜的天真。当初跨踏满志，要过一种不拘泥于世俗的人生，却在三十几岁的时候，不得不颔首承认渐露困顿的处境。

三十岁之前我信人定胜天，迷信成功人士的成功特质，并试图模仿和吸收。三十岁之后我有点相信人的气质类型多半是先天决定的，擅长什么，喜欢什么，趋于热闹还是钟情孤独，都是写在基因里的程式，无法强制改变。

但这并不意味着人就是一成不变的，时间很强大，会把我们打磨成意想不到的人。但也意味着这种改变，是自然而然、因为经验和经历的累积逐渐融会贯通的事。

所以得坦承自己身上理想主义不接地气的属性，哪怕那是看似和成功没什么关系的属性，不要逃避它，不要强行否定并试图改变它。找到纵容这种属性的领域，找到欣赏这种特质的同伴，即便这种抱团不一定让你更有钱，更成功，但至少让你觉得温柔和温暖。

要相信，每一种选择都会有遗憾，而每一个遗憾都会有转机。

不要因为"穷惯了"，
就躲开上帝派发给你的糖果

　　人都有惯性，过好日子有惯性，过穷日子也有惯性。我妈出生在三年自然灾害时期，长大后又经历了上山下乡，从生下来起就一直在温饱边缘徘徊，童年最深刻的记忆都是关于"吃不饱"及"什么能吃"。虽然后来日子过好了，但"穷"的惯性还一直在。

　　这种惯性最大的后遗症就是忧患意识太强。对于金钱有强烈的不安全感，手里有点钱就想存到银行里，而家里的家什都老掉牙了也不舍得换掉。我跟我妈最常发生的争吵是我想扔掉一些没用处的东西，我妈则奋力保护所有不管有用还是没用的家什。她最常说的一句话就是：万一以后用得上呢？

　　这种"万一"从来没发生过。而她，纵然有钱了，却也不习惯享受体面的生活。她把已经拥有的东西紧紧攥在手里，却胆战心惊地不敢受用。

不敢受用，其实是一种很普遍的情绪。虽然我们每个人都在努力试图抓住幸福，默默祈祷好运气降临，但当梦想成真时，能安然自若地享受幸福和好运气的人却又寥寥无几。

所以就会出现这样一种图景，我们追求幸福，却又在幸福来到时不知所措，患得患失。

穷是一种不丰盈。有的人，比如我妈，是怀抱着一种物质的不丰盈感，但还有一些人是情感上的不丰盈。在他们的内心，有一个巨大的情感黑洞，长期的匮乏感会让人在日后拥有感情时，也习惯性地怀疑，甚至推开。

小时候看王朔编剧的《过把瘾》，会觉得江珊饰演的杜梅简直是作女界的鼻祖。长得美，还有一个明明很爱她的老公方言。但却总是无端生出很多是非，把本可以幸福美满的生活过得鸡飞狗跳。

长大后回看这部剧，依然觉得杜梅是作女，却对她多了一分理解和怜悯。杜梅就是一个典型的心里有黑洞的人，是情感上的穷人。她是孤儿，从小就没有在心里储蓄过爱，她渴望爱，渴望被爱，而当爱情来的时候，却又不懂如何安放，如何拥有。

"穷人"的心结是不相信。我妈不相信手里的钱会一直是自己

不要过惯了苦日子，
就忘记了甜的味道。

的，所以不敢花。杜梅不相信来自方言的爱是一成不变、永恒存在的，于是，只能通过一次次无理取闹般的举动，通过一句句讨来的"我爱你"，以证明自己确实是被爱着的。但幸福的生活往往难以证明。银行存折上不断累积的数字不能证明我妈的幸福指数。那些被强迫着说出来的"我爱你"也并不能证明杜梅的幸福指数。

真正的幸福是不言而喻的，是内心丰沛的体验，是一种灵魂的饱满，是敢于接受，方寸之地，目力所及，自己已经拥有的一切。可能只是一间书房，一盏余香袅袅的清茶，或者一个穷小子不证自明的爱。接受那片刻的富足，感恩于这份拥有，幸福正是这种稳稳的感受。

很多人，比如我妈，比如杜梅，带着源自童年时期"穷"的记忆，便再也没有富裕起来。如果自己不打破这种魔咒，不破除心里的魔障，就会无视眼前拥有的，而一直生活在不安中。在渴求、得到、怀疑、不满足的恶性循环里一直打转。

趁着妈妈不注意，我悄悄扔掉了家里已经用了十几年经常短路的电饭锅，买了一个价值不菲的给她。她一开始怒斥我乱花钱，使用过一次之后却爱上了米饭。以前她最喜欢的是烙饼，总说米饭不好吃。

现在妈妈也慢慢学会"断舍离"掉一些万年不用的家居用品，对于我购置回来的"性价比不高"的新产品，也不再拒绝了，虽然硬颈不言明，但能明显感觉到她学习使用新电器的热情。去年我妈在唯品会上给自己买了一件六千多块钱的皮衣，竟然也开始教育我，要趁着年轻舍得穿，不然老了穿什么都不好看咯。

生活自有其艰难之处，可再困苦的生活也总能找出一点甜来。就像《天水围的日与夜》里那句台词：生活很难的。可又能有多难？不要过惯了苦日子，就忘记了甜的味道。生活是一个不断打怪升级的过程，在需要奋斗的时候全力以赴，但在命运给你派发糖果时，也要放心地接过来，含在嘴里，好好品味甜丝丝的味道。

承认软弱的那一刻,我觉得轻松

大三那年准备考研,冬天天还没亮就得赶去图书馆占座。在南方阴冷的冬天,一个有热水供应、能容纳几十个人呼吸吐纳的温暖场所,总是供不应求。除非起得足够早,不然很难见缝插针地寻到一个安心看书的座位。大四没排课,大部分同学都开始了职业生涯的见习生活。留在学校里备考的人别无去处,所以常常在图书馆一坐就是一天,流动性非常低。如果这一天早上没能及时谋得一个座位,那么这一天都得在各个教室里打游击战,十分辛苦。

有一天早上我自认为已经起得非常早了,就比图书馆开门晚了十分钟。可是桌上已经被各式组团学习的备考族率先用文具和教材占领了。对于像我这种孤军奋战的人,十分不公平。

于是我收起一个人的教材放到一边,强行入座。过一会儿吃完早餐的"原住民"回来了,必然产生了一番争执,言语未果,那人强蛮地推开我的书包，把我从座位上挤开了。这是我成年以来为数不多的在公开场合与人撕扯，失去理智，面目狰狞，出言不逊。不用说，场面十分悲壮难看，以至于随后半年我再未涉足此地。

初中的时候跟一个男生打架，一开始还是花拳绣腿小打小闹，后来不知道是被什么激怒，竟演变成大打出手，明知力量悬殊，却好似疯了一般，伤敌一百自毁三千，有一种要战死沙场的壮烈感。

前两年一个朋友在地铁上跟大妈发生争执，最后扭打成暴力事件，一度闹到了警察局。她拨开左额的头发给我看被扯秃了一块的战斗遗迹，颇为豪迈地跟我炫耀最后的战利品——两百元的伤害赔偿。我突然一阵心酸。

这样的女生，大概因为父亲角色的日常缺席，又无兄长庇佑，便生出一种畸形的自卫意识，过度捍卫自己不被欺凌的自尊，哪怕最后伤痕累累，也要力保一个不畏惧不退缩的姿态。我太明白她那种鱼死网破、玉石俱焚的强悍，实际上是缺乏安全感而带来的脆弱的刚硬。不能忍受的并不是被欺负这件事本身，而是忍受不了被欺负后的自怜和委屈。

这种人在人前是没有眼泪的。

小时候我挨打从来不掉泪，即便是被错判也绝不解释，一副负隅顽抗的样子。我妈常说我挨的好多打并不是因为犯错本身，而是脾气太犟。不像好多小孩，条子还没挨到身上，立马泪眼婆娑，乖乖认错。认错这件事对我来说太难了。可能在我还未开化的认知里，"认错 = 低头 = 懦弱"。

长大之后也因为这种性格吃了不少亏，不懂婉转、迂回和示弱。十分敏感好斗，稍有龃龉，立马竖起一身芒刺，做出抵抗捍卫的姿态，却也不真的明白试图抵抗或者捍卫的到底是什么。

常言道，过刚易折。

争强好胜，据理力争，争的时常不是那个所谓正确的"理"，而是保护自己不被凌虐的心态。就像和恋人吵架，一定要争说最后一句话的权利，甚至争当恶人，说出伤人的话语，仿佛伤害了别人就能豁免自己被伤害的结局，却终究是伤人一百，自伤一千。

王朔在《致女儿书》里讲：

> 长大后最轻松的就是一个人遇到事后可以忍气吞声地走开。……终于可以承认我不勇敢了，面对公然的暴力，一心想的就是怎样逃开，哪怕丧失尊严。……能承认这一点真好，我感到放下了一个大包袱。

示弱，是一种能力，是内心柔软，不过度自卫的能力，放下防备，宽恕被伤害的可能性，爱才会流进来。

因此我默默欣赏那些不过度彰显的灵魂，怯懦也好，软弱也罢，能坦然接受人生的短缺和不擅长，全面接纳自己，跟自己和解，不拒绝伤害，亦不拒绝爱。

**幸好还有一些人，
在过着你念而不得的生活**

1

初见普通，再见如虹，那些内心有原野的女孩，牧歌，放牛，过着世俗生活无法豢养的自在人生。

牧马是名校经济学专业的高才生，毕业后在深圳一家世界五百强公司工作，高薪，体面。活生生别人家孩子的范本。但她并不喜欢那份工作，甚至不喜欢经济学专业。她爱好文学，尤爱三毛，她想过的是漂泊流浪、际遇随缘的生活，她有一颗不安分的心。当初选择经济学只是迫于强势母亲的压力，那时的她，还没滋长出反抗的勇气。

在路上走得久了,
才发现选择安分生活才更需要勇气。

即使拿着高薪，有很多出国的机会，但工作的时间越长，牧马就越不开心。下班后被同事硬拽着参加聚会，大家是那样生机勃勃、充满野心，总会有人指着华灯初上的高端写字楼说：早晚有一天会有一盏属于我的灯。

每个人都会说出类似的话，牧马只觉出戏，她觉得自己不属于这里，二十出头的她，正在这座功名利禄的城市里枯萎。于是，辗转反侧之后，她终于辞掉了"钱途"不可限量的工作，丢掉别人家小孩的包袱，重拾十八岁那年没能完成的念想。她要去北京。

牧马说，北京是自己心里的一个梦：千百年来被文人骚客滋养的文化氛围；四九城中混迹于现代文明的历史痕迹；宋庄的落魄艺术家潦倒而富有诗意的生活。很快，牧马在北京找到一份记者的工作。也许是做了喜欢的工作，让这个报社唯一一个没有专业背景的姑娘，第二个月就拿到了最佳稿件奖。她说，她是报社进步最快的新人。

在北京，牧马感觉自己又重新生动起来，平时采访，别人都打车，她却骑着一辆永久的自行车，走街串巷，她想更深刻地认识这座城市。周末别人约会看电影，她却忙着逛遍北京的大小博物馆、名人故居。在北京的三年，她甚至比一个土著更了解这座城市。她变得健谈，谈文学、聊理想、论哲学，她太爱这个城市不着四六的人了，可爱至极。

来北京的第二年，她认识了一个民谣歌手，毫无悬念地被这个超然脱俗的人吸引,谈了人生的第一次恋爱,一谈就是五年。第五年的时候,歌手跟她说:"我是不会跟你结婚的。我的灵魂不愿意被世俗牵绊。"牧马说:"我不会用婚姻绑着你,我只想陪你浪迹天涯。"于是她不顾主编的一再挽留,毅然辞职,跟着歌手去了成都、西安、兰州、长沙……

五年零六个月,歌手跟她分手了。他有一颗超脱世俗的心,不安于只有一个女朋友。

带着失恋的创伤,牧马坐绿皮火车去了甘肃,一个人背着比自己还高的登山包,用搭车的方式重走了丝绸之路,过上了她一心向往的流浪生活。再次见到她,精瘦健旺,脸颊上缀满小雀斑,眼神明亮,还是那个鲜活雀跃的牧马。她将长达一年的流浪生活写成书,竟被媒体塑造成现代版的"三毛"。

有人说她不靠谱,有人却羡慕她说走就走的勇气,牧马却说,在路上走得久了,才发现选择安分生活才更需要勇气。

2

小野是我另外一个自由职业的朋友,朝九晚六的职场生活过到第十年,她突然辞掉工作,决定做自由职业者。她做出这个决定时,身边几乎所有的人都在质疑她,其中不乏关心,但更多的质疑是关于她根本无法靠写字养活自己。因为此前她在这方面并无太多积累。

但她还是辞职了。前三个月的确很难，每个月只有三四千块钱的收入，刚刚够交房租，那几个月所有的饭钱都是找朋友拆借的。但也许当你真的很想做一件事，当你的意念够坚决，根据吸引力法则，生活便会自找出路。三个月后，她的收入直线上涨，甚至比她此前的工资还要高。

小野说，这不是一场有准备的战役，而只是一场从心的战役。幸运的是自己听从了心里的声音。

也许真正勇敢的人都会有一些小幸运，虽然他们走的不是寻常路，但却是最遵从内心的一条路。虽然在外人眼里他们不踏实、不靠谱，甚至有点任性妄为，但每个人的心底其实都有点对他们的羡慕，毕竟他们活出了自己想要的样子。而我们中的大多数，对于憧憬的生活都止步于憧憬。

有时候，真的很庆幸身边有这样的朋友，他们赤手空拳蹚出一条小路。当我们在循规蹈矩的生活里踟蹰不前，一抬头，就能看到无名高地上的彩旗飘扬，便会相信，生活也许真的不止有眼前的苟且，还有诗，以及远方。

在爱情中,别迷信等待

1991年5月的某一天,冰心对前来探望的铁凝说,爱情不要找,要等。于是,铁凝在五十岁等来了爱情。此后,总有很多单身女青年用这句话来劝慰自己,慢慢来,慢慢等。

说着这些话的女孩,大多条件好,捧花者无数,自己也善于经营日子,一个人的时候练吉他、学英语、逛展览、酿酒、烤面包,一副云淡风轻的样子。爱情之于她们,并非必需品。与其说她们是在等,不如说是在挑。

而小熊虽然是"缘分是等来的,不是找来的"主义者,却是一个十分渴望恋爱的女人,认识她这么多年,她的圣诞、生日、大小新年愿望全是谈一场冒着粉红泡泡的恋爱。是的,她还在等,在打游戏、刷韩剧的间隙里等,在收快递、点外卖的社交中等。如同我们身边大多数迷信等待的姑娘，嘴上念叨着想找男朋友，却一点实际行动都没有，只是一味地等。就像那个著名的段子，一个人天天祈求上帝让他中大奖，上帝实在忍不住回了他一句，你祈祷了五年，倒是去买张彩票啊。

这个世界上从来就没有平白无故的运气。每一份好运气背后都有很多我们看不到的努力。有时仅仅是当事人太过谦虚才拱手推托是好运而已，但如果没有万分的准备，就算运气来到身边，恐怕也浑然不察。

小象是朋友们之中公认的执行力第一人，做事雷厉风行，绝不拖泥带水。她这种超高的执行力还体现在对于爱情的追求上。她和老公是在一次同学聚会上认识的，她对高高帅帅、温文尔雅的男生一见钟情。"喜欢就去追"是小象的座右铭，而她历时八个月的追男史也成了朋友圈里的美谈。

得知男生喜欢爬山，小象就找各种机会跟男生一起爬，光爬山还不够，小象还会为男生拍的每一张登山照配诗，写了快一百首诗。她常常打趣自己说，追老公把自己追成诗人，她绝对是第一人。

小象也终于有了减肥的动力，她开了一个博客，每天发一张健身照，并且配上当天自己做的营养餐。高兴时，还会写一些随兴而至的文字，然后再看似不经意地以讨教之名把自己的博客网址发给男生。

这个世界上从来就没有平白无故的运气。
每一份好运气背后都有很多我们看不到的努力。

小象是个聪明的行动派，不仅表达了心意，也没有因过分示爱而给对方造成压力。反而，越是接触，男生越能发现小象的优点。于是，八个月之后，小象不仅成功瘦身，还收获了一枚帅哥男友。另外，竟然还有一家出版社的编辑来找她沟通出一本减肥食谱。

小象没有空等爱情的光临，而是主动出发去寻找，还在追求爱情的途中顺手把自己培养成了更好的人。

冰心口中的"等"也多指一种心境上的淡然，不必焦躁惶恐，无须视结婚为人生必修课，更不必为了结婚而结婚。而是顺其自然，去相信命运自有安排。

任何事情，都有天分、有机缘、有运气，也有努力。爱情也是，你需要等，却不能只是空等。像小熊，想要爱情，却把周末贡献给了韩剧，在别人虚构的爱情中，等待一位自己的 Mr.Right。等是一种心态，而不是不作为的借口。建立好自己，去健身、跑步、社交，丰富自己，提升自己，即便一个人的日子，也要过得精致、整洁，因为你不知道在哪一个转角就会遇到最好的爱情。

有一种自信
叫不把自己太当回事儿

没有人觉得她是不美的,除了她自己。

她总是对自己百般挑剔,鼻子不够高,牙齿还有那么一点点的不整齐,脸型还不够鹅蛋……每天站在镜子前,她总要愁眉苦脸地历数一遍自己的"缺点"。

美而不自知是美的最高境界。她们长得美,却浑然不觉,其实是不仰仗这份美,不把这份美过分当回事儿,反而让这份美多了一种不羁和洒脱。

不过于看重自己的美,也不过于执着自己的"丑"。无论多么白璧微瑕的一张脸,在显微镜下也总能找到一两处缺点。如果总是盯着这仅有的一点缺点长吁短叹,人生也未免太舍本逐末了。

这个世界上的很多烦恼都是因为太把自己当回事儿了。

总是抓住自己身材上的一点缺陷不放是太把自己当回事儿了；在意自己在别人面前的每一个举动是否完美无缺是太把自己当回事儿了；甚至反复咀嚼他人的一句无心之语也是太把自己当回事儿了……

其实，在这个世界上，每个人需要惦记的事情太多太多，根本没有那么多精力再去琢磨别人。很多时候，我们在别人眼中根本没那么重要。

不管是微笑时按照国际惯例只露出八颗牙齿也好，还是忘形大笑到露出牙龈也罢，于别人根本无涉，下一秒就会全部忘光。

太把自己当回事儿背后的潜在心理机制，其实是太在意别人对自己的评价。

中学时，有一段时间我很怕上街，总觉得上街有很多人对着我指指点点。成都街头招揽生意的店员习惯把所有女性统称为"美女"，可每次听到别人叫我"美女"我都心生愤怒，觉得对方是在讽刺我。同学们三三两两说着笑话，我刚好从旁经过，也必定会把这串笑声理解为对自己的嘲笑。在这种自己臆想出来的情境中，我把自己上街的次数压缩到最低。就算迫不得已需要出门也总是拣人最少的路走。

长大后才发现，这根本就是一种莫须有的自卑心，是少年时代自我意识觉醒时的副作用。青春期的少男少女开始关注起自身，这种对自己的关注一旦过度就容易造成对自己的不满，进而就会陷入一种外界也同样对自己不满的猜想中。

不过，随着年纪的增长，世界观也日渐稳固，少年时代的自卑心也会缓解很多，但过分看重别人的评价仍是悬在很多人头顶的那把达摩克利斯之剑。

小路说，她今天在例会上表现得不是很好。轮到她汇报工作时说得有些逻辑不清，为此她一连几天都郁郁寡欢。

我问她，如果是你的同事也说得不太好，你会记这么久吗？

小路想了想说，好像不会！

说到底，我们其实都没有那么多心思花在别人身上，不管是为别人鼓掌还是给别人提出意见。所以过分关注别人的评价其实是一个无解方程式。这份"评价"在很多时候并没有很高的含金量。

很多时候，人的烦恼来自于对完美的过度追求。我们要求自己能在演讲台上侃侃而谈，要求自己在工作会议上表现出众，要求自己在与人相处时大方得体，等等。我们希望自己无缺，却时常忘记，我们是人，而人必然有所缺憾。现在的父母，生怕孩子输在起跑线上，对于孩子的容错率极低，像虎妈这种神奇的存在居然被当成教育典范。家长像一把剪刀，无时无刻不在修剪那些不合时宜的分叉，培养出一个一个拥有严格超我的孩子。他们不明白，犯错是能够被容许的，就算失败了，天也不会塌下来。

爱自己,但不把自己太当回事儿,
你会发现生活给你的馈赠一样都不会少。

张是我认识的朋友中少见的非常有自信的一个人，但如果不是长时间的相处，都很难发现他的自信。个儿不高，长相普通，也就少了威武的气势。无论是在人多还是人少的场合，他都不是控场方，丝毫不会成为人人关注的焦点人物。但，你也总不会忽略他。

他不管在哪里，都不局促也不张扬，自在得恰到好处。

张说，我很少特别把别人当回事儿，但也不会把自己太当回事儿。不过分把别人当回事儿就会不卑不亢，别人的评价不管好坏都只是一个建议而已。仅此而已。

因为不特别把别人当回事儿，也就不会特别把自己当回事儿。我只是一介凡夫俗子，贪嗔痴一样不少，会做对的事，但也保不齐有时会马失前蹄做错误的判断。但这都没什么，我又没什么偶像包袱，只要不伤害到旁人，与人无涉，就不怕，大不了重新开始。

其实很多事情看似南辕北辙，实际上却是一体两面而已。太把自己当回事儿往往都是因为过分看重别人对自己的评价，害怕自己在别人眼中是有瑕疵的，于是也就格外把自己当回事儿。

当一个人能不过分看重别人的评价，也就开始放松自己了。张国荣唱道：我就是我，是颜色不一样的烟火。

放过自己的不完美，丢掉莫须有的偶像包袱，大笑到让二十八颗牙齿都出来透透气。爱自己，但不把自己太当回事儿，你会发现生活给你的馈赠一样都不会少。

不辜负自己,别亏待光阴

Part 3

看清过热爱之下，
才能煎熬到热爱之上

1

公司新来了俩小孩儿，95 后：一个狂爱电影，讲起脚本策划时如数家珍，每一个创意都会被他化为脑内片单，引经据典，几乎没有我们提起而他说自己没看过的片子；另一个是综艺狂魔，面试时，当其他应届生还在说怀念《康熙来了》里小 S 的毒舌和康永的鸡汤时，她已经可以现场调度其他面试者，完成《康熙来了》里的机位模拟和镜头切换了。老林招他们进来时，应该没少花心思。

老林是部门老大，初次见她会觉得不好接触，面相太严肃了，但熟了以后会知道她只是长了一张臭脸而已。俩实习生入职的第一天，老林特地空出会议室来，打算开个五分钟的欢迎会，结果小孩儿们激动地自说自话各自讲满了五分钟。

其间我偷偷观察老林克制隐忍的表情，最后她终于忍不住站起来打断。她说，好的，欢迎你们，欢迎你们的热情。但要记住的是，你们不是第一个如你们所言这样热爱这份职业的实习生，也不会是最后一个。

老林说话不好听也是远近闻名的，我们都经历过，所以见怪不怪，听完就匆匆离开会议室，回到各自的格子间继续做没做完的工作，留下两个新人站在那里面面相觑。

一个月以后，其中一位实习生站到老林面前，强装老练和镇定地说："我能跟你谈一谈吗？"

彼时的我正在老林的桌前和她商量新一期选题的策划。老林顿了一下，做出一个默许的暗示，瘦高个男孩抬眼看了看一旁的我，有些犹疑。老林说，没关系，你直接说。男孩又沉默了一阵以后才回答道："我觉得这里跟我一开始想的不太一样，所以我想……"

"那你的'热爱'呢，还跟以前一样吗？"老林打断他。

对方明显一怔，缓了一会儿后点了点头。

"嗯，等你再多积攒一些热爱下的真相，再来跟我谈吧。"老林果断结束了这场对话，转身去接一直在响的电话。我和男孩自知没趣，一同退出了办公室。

出门时，我望向男孩乌丛丛的头发，瞅着他困惑、焦虑又年轻气盛的脸，情不自禁上前拍了拍他的肩膀。

"这是一个好势头来着，我几年前跟你说过一样的话。"

2

这不是我毕业以后的第一份工作，那时候我和身边的大多数年轻人一样，刚出校园，总是不惧南墙地要加入自己笃定的队伍，虽然还谈不上有献身工作的觉悟，但心里隐隐觉得这就是我喜欢和热爱的事情。常言道，热爱是专业之母，于是直接把希望煮沸成行动。

可是，爱生万物，但万物不见得会一一呼应爱。

我的第一次瓶颈期也是因为职场冷板凳，这再常见不过，可初出茅庐的我当时咽不下这口气。那段时间很难过，常常加班到半夜，却仍觉身边人冷漠碌碌，于是陷入终日在内心叫嚣着"这不公平"的抱怨状态。终于，爱较劲的性格占了上风，趁着公司还没提出异议时我就率先做了离职的决定，然后自以为潇洒地拂袖离去。

后来我跟老林提到过这段过往，本以为真性情如她，会在此刻借着酒力说出"你真像年轻时候的我"这样的话来，哪知完全相反，她回应我的是轻蔑一笑。

"我年轻时候怎么可能是这样？我又不傻。"老林不屑地就着烤肉下肚一杯啤酒，酒后才慢悠悠地来上一句，"坐冷板凳是职场生涯必须承受的煎熬，在哪里都一样。板凳条要用自己的体温焐热，不然你永远只能坐在最边上，他人没有义务贩卖温暖，再说了，就算别人卖，你买得起吗？"

我当然开玩笑似的反问过她说，那为什么所有沾边文化的企业都会提倡部门是一个温暖之家呢？

老林翻着白眼说这才是最可笑的一件事。

"你已经是沿着热爱而来了，还要求搭配上温暖，你为什么不干脆回家去找爸妈？"

3

热爱之下有太多我们没见过的真相。

大学同学毕业后去了《ELLE》杂志社，过着让朋友圈羡慕的传说中的时装编辑生活，但若不是因为都在北京，会常常见面，我也不会听她亲自说出"真相"。

"我的日常就是在北京雾霾最严重也最冷的时候，拖着巨大的蛇皮袋，口干腹饿地去赶地铁，站在尽是北方人的高个儿队列里，要极力上仰才能多呼吸到一些空气。而蛇皮袋里动辄上万的好看衣

热爱之下有太多我们没见过的真相。

服和首饰,我一件都没拥有过,可这份工作,我已经做了五年了。"

不过隔天,还是会看到她又传了一张秀场的后台照,腿长两米的超模站在她身旁竟衬得她娇俏可爱。

高中时的好友,拼死拼活出国念了工商管理硕士,后来在香港的一家上市公司做风投,过手的都是大单子,于是我幻想他最起码已经活成了《华尔街之狼》里低配版的小李子,但在我途经他处时才知道,直到现在,他跟他女朋友都还和人共同合租在一间小公寓里。他俩睡大床房;小床房里是一对小姐妹,上下铺;而客厅里还住了一个在读研究生,他给自己支起一圈窗帘,把私人卧室和公共空间隔开。

"在香港很多人都这样,甭管是念书还是工作的,工资确实高过内地很多,但生活成本又何尝不是?可我还是愿意待在这里,我对这边的客户、操作模式甚至生活方式都更熟悉和适应,已经离不开了。"

后来听说这位老友的父母过年时偷偷买了票过去看儿子,想给他一个惊喜,却在一屋子陌生年轻人到处晾晒的衣物中直犯怵——他们连阳台都没有。勉强收拾出一片沙发落座,母亲忍不住替那个早出晚归的学生收拾了衣物,抹着眼泪想说服儿子回家,结果还是没能说出口。

4

前段时间去方所找某个在工作中认识的朋友，她因为生病的原因离职，痊愈后回老家去了方所公关部。我们坐下来时谈起实习生，她笑着说，年轻人就是这样，拥有最多的热爱，也最有可能被热爱打败。

"因为看起来美好的工作，背后并不美好呀，所有的一切只是取决于我们让别人看到什么而已。"

渴望来方所工作的年轻人太多了，她告诉我说，从一开始方所要在这里扎根时，就收到成千上万的简历和邮件。"他们什么都愿意做，整理书架、收银服务、植物照料员也成，甚至还有扫地的、端茶的、送水的、跑腿的……好多你都想象不出来的服务项目。还有求职者留言说，'你们可以不给我钱，让我待在这里就行，我真是太喜欢方所了'。"

我把这件事跟老林说了，她感叹，最怕的就是他们热爱的仅仅只是美好的一面。

上一份工作中认识的小朋友，因为过年被派去东北出差而萌生辞职的念头。本是一次可有可无的出差安排，而公司执意要委派的理由，只是因为最顶层的老总在那期间会在东北分部谈项目，所以需要有几位员工常驻。说起辞职的理由，她颇为不平地说："我来这个公司的初衷是为了实现自己的梦想，而不是为了大过年的被派

年轻人就是这样,
拥有最多的热爱,也最有可能被热爱打败。

人,得自个儿成全自个儿。
要想人前显贵,必得人后受罪!

去当粗使丫头啊!"

　　近来身边鲜少听到这么热血的辞职理由了,大概身边的人都到了一个审时度势的年纪,也逐渐明白理想和现实的差距。记得在一本杂志上看到过某位资深媒体人的采访,文章最末她被要求给后生晚辈透露一些过来人的经验,她是这么说的:"和你们比我毫不逊色地热爱过,被热爱推着我走到今天,有些嘚瑟又有些伤感地看着前仆后继的新热爱潮涌而上。而在热爱这件事上,我资格比你们老,我看清过热爱之下,并煎熬到热爱之上。"

　　时光倒流好多年,初初面试,被问到的最后一个问题是:"要把热爱做成职业,需要很大的心力和定力,不然真有可能会从此就断送一份兴趣,你可考虑清楚了?"一脸不苟言笑的面试官坐在对面,隔着黑色的木板桌抬头望着我。

　　那时的我眼神晶亮,颈背都挺得笔直,昂起头颅回答道:"当然。"

"你都不知道我有多努力"

阿沛是我朋友圈中令人眼红的自由职业者,作为一名手机摄影师,他在圈内小有名气,邀约不断,拿着赞助商的钱周游列国,从墨脱到里斯本,从委内瑞拉到冰岛,从斯里兰卡到法国伊瓦尔小镇,而他的产出仅仅是几十张构图别致、色调怡人的照片而已。他的每一条朋友圈下面都排好了"羡慕""嫉妒""恨"的留言。他甚至比那些在北上广买了房、创业开公司的同龄人,更接近人生赢家的定位,毕竟他拥有了最接近"自由"的生活方式。

每次我抱怨设限的人生,表达对他的羡慕之情时,他都只是淡淡一笑,略显高深地说:自由都是相对的。

他去日本旅拍,十四天的行程,拖了三个大行李箱,携带了单反、胶片、各式镜头、脚架、反光板等全部摄影装备。我们不解:"你不是手机摄影师吗?"他耐心解释说,因为摄影本来就是相通的,虽然他承诺给赞助方的是手机摄影成片,可是对于自身的提高和素材的累积,各种摄影练习必不可少。

所以他每一次坐车、换地儿,都变成了艰难的挑战,印象最深的是一张他推着一堆行李箱在街头狂奔的照片,也不知道是谁给他拍的,他说,这才是一个自由摄影师的日常。

现在自由行方便了,东京、京都、奈良的美景图片便不再稀缺,为了找到那些未经开发的处女地,他经常去的是我连名字都没听过的乡间小镇,一路上连个人影都没有,语言又不通,哪怕是他为此自学了日语,但在带口音的小地方也仍然会遭遇窘境。再加上往来通勤的车,一天只有几班,所以必须严格计划行程,控制时间。踏遍千山万水去找景,有时候因为天气和光线变化,一个景点往往要耗上两三天,每一天都像是一场战役。

阿沛很瘦,有几分艺术家仙风道骨的样子。才认识他的时候,以为他体质如此,后来才发现他时常连吃饭的时间都没有,便当、三明治是家常便饭,在一个景点赶往另一个景点的路上完成。我记得有一次群里集体深夜报复社会,一个个发来消夜以示挑衅。阿沛发来一张啃了一口的法棍三明治,留言说,这是今天的第一顿饭。那时他正在欧洲旅拍,为期三个月。

很多人觉得阿沛幸运,能把爱好发展成职业。而大部分人不知道的是,阿沛发现摄影这项爱好的那年,刚好三十岁,是某家三甲医院心外科前途无量的主治医师。为了有更多的时间去那些人迹罕至的绝美仙境拍摄，他辞掉了工作，为此和父母产生嫌隙，有一年没回过家。那年在多雄拉雪山遇到暴雨形成的瀑布，险些被冲走；在捷克遇上抢劫，损失了最昂贵的一个镜头。他一边说一边指给我看脖子上被相机带划出的疤痕。我在阿沛的书柜上看过他当医生时期的照片，白，微胖，戴着一副金丝眼镜。他臭屁地问我："那时候帅吧？"我笑说："像是一个养尊处优的中产阶级，比现在老了大概二十岁吧。"

随着阿沛越来越红，我们便习惯了从各种杂志、视频采访里了解他的近况。前阵子去"言几又"参加一个活动，刚好遇上阿沛的摄影分享会，台上的他从容又得体，头发留长了，用一个波浪发箍草草别住。依然是白衬衫牛仔裤，一副日本盐系男子的文艺范式。台下的姑娘们热情、沉醉，好些人在演讲的间隙追着跟他合影。媒体赞颂他是弃医从影的天才少年，他打趣说，自己只是长得显小，但早已不是少年了。

看着台上的他，我突然想起那一年在香格里拉，我们几经波折才从雪山上下来，赶回县城里的住处，一整天没吃东西，饿得饥肠辘辘。一群人横七竖八地歪躺着，等泡面的水开。他却一个人坐到了电脑前，佯装镇定地开始远程连线做线上分享会了。那场面日后回想起来其实有点滑稽，一边是窸窸窣窣的吃面声，一边是关于人生、关于艺术形而上的讨论。阿沛讲起摄影十分投入，可观众们更关心的是："如何才能成为一个自由职业者？自由职业的收入来源是什么？怎么平衡理想和现实的关系？"

我忘了阿沛是怎么回答的，也不觉得他的回答对那些抱怨生活困住自己的人真的有用。答案那么显而易见，1985年，李碧华在《霸王别姬》里早就说过：人，得自个儿成全自个儿。要想人前显贵，必得人后受罪！

失败只是失败，成功才会带来成功

球场上有一个理论叫惯性失败，说的是一场失败会引发一连串的失败。从某种程度上看，成功和失败都具有一种势能，成功往往伴随着更大的成功，而失败也总是招致一连串的失败。

最近高高因为业务能力问题面临被劝退的局面，她有一些委屈，不知道这种不信任的气氛从何而起。她也有一些较劲，希望能在这里扭转乾坤。我大概能理解她从哪里跌倒就要从哪里站起来的倔强。可倔强用错了方向，往往南辕北辙，越是铆劲儿离正途越远。

高高说，现在的自己就好像陷入了一场恶性循环中，无论做什么领导都已经先验性地怀疑，对她的打击也已经不分场合张嘴就来。但越是这样，就越是让她难以接受，势必要争一口气。但这口气争得很辛苦，也很无奈。最关键的是，其实她自己早已混沌一片，早就没了刚来时的意气风发。不离开，只是因为不甘心做一个落跑者。

我理解高高，我们从小听到大的名言警句：失败是成功之母。所以就算失败，我们也挺身扛住，总觉得接下来终归会有成功的桥段到来。但随着阅历增加，会发现，失败就是失败，它从来都不是成功的温床。它不仅不是成功的温床，还往往会让人在接二连三的失败中不断怀疑自己，甚至彻底失去斗志。

一个前辈朋友曾经跟我偶然聊到关于孩子的教育问题，他说，如果小孩在一个环境里处于劣势，就应该想办法给他或她换一个环境。一个人在逆境里生存久了，会染上失败者的个性。他们会惯性地低估自己解决问题的能力，会进一步造成他们的保守心态，不愿意主动去挑战更高难度的事物，这样又会反过来限制他们的成长。这种失败者的心态，不仅仅会影响小孩的日常表现，更可怕的是会伴随其一生，左右他的每一个重要决定。

曾经有一段话这样形容"失败者"：

> 一旦被贴上失败者的标签，那些蒙受损失的人就开始真的走向了失败。他们发现获得支持和机遇都变得更难，他们被批评、被施压、被惩罚、被事后警告、被躲避、被边缘化，他们的意见被否决、注意力被分散、供应被切断，连败加固了，破坏更深了，绝望感使他们铤而走险。

你可知道那些在赌桌上，因为一次次的失利而急红了眼睛最终豪赌一场倾家荡产的故事？

在失败面前不断向前是一种勇气，但能理智做出判断知道何时止损是一种智慧。只有勇气没有智慧，是对自己的不负责任。

高高终于离开了原来的公司，去了一家新公司做了一份更喜欢的工作。她刚去不久就赶上了公司最大的一场营销活动，而她带领的新媒体部门在这次营销活动中表现非常好，她们做的创意赢得了一片好评。公司老总特意给高高和她的部门颁发了一个奖杯，还发了一笔不少的奖金。

高高说，真不知道自己当初在执着什么，在新公司，虽然很累，但却很有成就感，成功带来的最珍贵的东西其实是成就感。它给人信心，催人向前，不断尝试挑战困难，支撑我们跨越障碍，奔赴一个又一个成功。

有时候，换个环境，不仅是止损，还能给自己一个重新开始的心境和机会。因为要改变人的固有观念很难，与其沉溺其中，不如让自己有一个破茧重生的机会。

所以才会有那些有故事的人，那些憎恶过往的人，那些受过伤流过血的人，总是更愿意与过去划清界限，斩断那些与过去有千丝万缕关系的人，按照自己想要的方式，再次生长。

我们虽然能从失败中总结经验教训，但千万不要迷信失败，不要说失败是成功之母，失败就只是失败而已，我们需要的是一点点小的成功，带来一点点大的成功。

不辜负自己,别亏待光阴

晓靖是我朋友圈里真正见识过大风大浪的人。她提着两瓶啤酒来敲我家的门,往沙发上一躺便号啕大哭,一边哭一边嘱咐我,你忙你的,我就是想好好哭一场。家里有年幼的孩子和名义上的婆婆坐镇,她连哭都得另辟蹊径。

刚得知她遭遇出轨门的时候,我们几个朋友几乎天天半夜轮流被电话轰炸,她大概是独自挨了大半年,情绪加倍爆发。她在我家客厅独自模拟去佛前祈求的虔诚:"信女晓靖,只求菩萨让那个男人回心转意,我甘愿减少三年阳寿以敬佛恩。"这个高中时读普希金,对文学有某种宗教似的热爱的小镇女孩,面对人生的大风浪时,有一种戏剧性的癫狂,一如那些肝肠寸断的肥皂剧:恨不得抛头颅洒热血,用千疮百孔的姿态去换一眼回心转意。

她挽起袖子给我看那块被利器划伤的疤，说："我觉得没有未来，不知道要怎么继续活下去。"

年轻时失恋，那些一副过来人模样的朋友会说："没关系，时间会治愈一切。"

而在晓靖面前，我却说不出这句轻巧的话，大抵，年少时的失恋总带着一种风月无边的情怀，伤是真的伤，痛也是真的痛，可连这伤痛都仿佛带着镜花水月的性质，顾影自怜的身姿便是青春的成人礼。那些得不到的人，没有结果的爱恋，那些唏嘘、遗憾，成为丰富人生的点缀，看顾着岁月，继续前行。

而成人世界的背叛、离弃，有太多苟且参与，是诗和远方也无法掩盖的真实的磨难。

所以大部分时间，我只能默不作声，听她完成一个人的独角戏，哭累了，讲累了，直到睡去。

说真的，那时候我都怀疑晓靖能不能挺过来，看到漏接的电话，无论多晚，我一定会胆战心惊地打过去，怕她出什么意外。

而眼前这个衣着精致的女人，换了新发型，不再有眼镜遮挡的大眼睛，神采奕奕，全然褪去当初灼人的癫狂目光。举止优雅地晃了晃手里的红酒杯，整个身形单薄得刚刚好。笑着跟我说别人都不相信她已经是两个孩子的妈妈。

如此看来，时间真是最有力量的一双手，驯服万物于无形。

它就像一个最包容也最平和的人，淡然流逝，却摆平了所有。几十年光阴，足以让爱恨消弭，让大河改道，让枯木愈朽，新木长成。

感情也是。曾经的非他不可也早已平淡无奇，无论当时多爱或多恨一个人，时间过去，自会在心中留下答案。

所以很多事不必急于一时，或得或失都非一时的决断。不到生命画上休止符的那一刻，对错都无定论。

就像很多人在事后都会感谢那个曾经带给他伤害的人，当时那一份痛彻心扉的伤害可能让他有机会认清自己，做了之前想都没想过的事，让自己成为之前想都没想过的那个人。而这个重生的人，显然会更美好。

而那些当时的得到，几十年之后放眼去望，也很难说是绝对的好。我们看了太多太多"小时了了，大未必佳"的案例，也都熟知家里老人常训诫的"三十年河东，三十年河西"。

起初，她以为她找到了全天下最美的幸福。八年后，那个曾许诺让她幸福的人已经把这份许诺给了别人。

她说，她生气、愤怒、绝望、卑微、祈求，把自己堕入泥土，

现在下结论还为时过早。
这不是悲观,也不是消极,而是对时间的敬畏。
不辜负自己,别亏待光阴。时间自会给你答案。

任人践踏。而她却不后悔，当初的美好是真的，承诺是真的，而后来的不爱依旧是真的。时间终会带走它能带走的一切。带不走的，才是真正属于我的。

最后，她没吵没闹，痛快地签了离婚协议，为自己争取到了最大的权益和儿子的抚养权。

后来，她被一个小她七岁的男人追求。她把自己的情况和盘托出，对方却不退反进。她说，你根本就不知道自己在干什么。男人说，我知道，就算我不知道，时间也知道。你等得起，我就等得起。

她说，我不是明星，没那么漂亮，我就是一个普通人。会伤心，会胆怯，会怀疑到手的幸福到底是不是自己的，会不会又很快被老天爷抢走。既然不知道怎么办，就索性交给时间吧。

于是，她不再拒绝。而他，也不再逼她。他们就这么平淡如水地相处。两年之后，他们结婚了。第三年，他们的小女儿出世。

我们都笑称她才是人生赢家。老公年轻帅气，孩子可爱，最难能可贵的是老公对她的第一个孩子也很好。

她说，现在下结论还为时过早。这不是悲观，也不是消极，而是对时间的敬畏。不辜负自己，别亏待光阴。时间自会给你答案。

我们终将变成
无法无天的中年人

2014年,我离开生活了六年的北京,打包去了杭州。对猎头口中田园牧歌式的阿里总部充满了向往。十分认真地在花名录入系统里看完了阿里的宣传短片,还额外补习了主设计师隈研吾以往的设计理念。在知乎等各大讨论帖子里提前预习这个伟大企业亮橙色的价值观。啊!我终于要告别夕阳红的出版行业,进入早上好的互联网产业,对即将成为同事的人们充满了好奇,好像他们是不食五谷只饮朝露的新鲜物种一样,什么PRD(产品需求文档),什么灰度发布,什么用户体验,什么交互设计,什么DAU(日活跃用户数量),什么BI(商务智能)数据,这些不说人话的生物简直迷人。对于新生活的期待过于茂盛,以至于都忘了体察那一点点告别的离愁别绪,离开的脚步轻快、昂扬,都误认成了洒脱。

第一天入职，各种惊艳：每天都可以喝星爸爸，开心！三个独立运营的食堂，菜式丰富，再也不用烦恼晚餐吃什么，满分！刷一下工牌就可以任君选择的云打印，高级！从最北边的一号楼走到最南边的六号楼，脚程十分钟，楼前还有随意停放的橙色 bicycle（自行车）供懒癌末期患者使用，太人性！三号楼富丽堂皇的大厅地砖像倒置的镜面，夏天可以欣赏各式美腿，太香艳！园区入口保安哥哥的早安文化，太温馨！我就像进入大观园的刘姥姥，每天顶着大号特写星星眼，四处盖章留念。

在杭州的住处离公司四公里半，下班步行回家，大约需要一个钟头，即便街景荒凉，也有路灯来配，时常被骑电驴的妹子误认为流浪的旅人，好心地问我要不要顺载。（杭州妹子真爱我！）每天回家开罐啤酒靠着沙发用投影看电影，在阳台抽烟，路口的红绿灯被近视眼柔焦成了带着毛刺的光晕，红、橙、绿。

早晨闹钟响过，我几乎是弹跳起身，带着雀跃的心情刷牙、洗脸、做早餐，音乐开得震天响。秋天的阳光热烈得恰到好处，空气里有被烘干的尘土味，风灌进来，把白衬衫的袖子吹得鼓鼓的，像是青春片的侧写镜头，我几乎要在高架桥下坡的道路上来一个叛逆的"大撒把"。我给周龙梅老师的信是这么写的：都说十七八岁的照片怎么都是美的，我却觉得我的十七八岁过于晦涩潮湿，并不美好，而此刻骑着自行车的我刚绕过一个大弯，灵巧轻盈，脑子里只有三个字——"正当时"。

那年我二十九岁。

可惜职场的蜜月期过于短暂，小老板图文并茂的行业解说还挂在白板上来不及抹掉，一群人在平安夜的文一西路上堵了一个半小时才坐在一起，吃脚丫味的 cheese（芝士），喝人民币味的红酒，对还冒着热气的蓝图摩拳擦掌，准备大展宏图，几乎就是隔天却被宣布原地解散。散伙的晚宴上我还莫名其妙地掉了几滴泪。

前两天一个自我诊断罹患"抑郁症"的朋友，把我们几个从杭州回北京的人聚到一起，吃着不咸不淡的饭菜，抱怨着充斥生活的无聊无趣无意义。好像对什么都提不起兴趣：懒得吃、懒得睡、懒得交谈、懒得恋爱。我们就是李松蔚在《时代病》里白描的典型的都市人。而杜鲁门·卡波特早在《蒂凡尼的早餐》里就断言过："大部分生活都乏味得不值一提，根本就没有不乏味的时候。换另一种牌子的香烟也好，搬到一个新地方去住也好，订阅别的报纸也好，坠入爱河又脱身出来也好，我们一直在以或轻浮或深沉的方式，来对抗日常生活那无法消逝的乏味成分。"

我们在秋凉的北京街头闲晃，用挤对的言语彼此安慰，影子不时相互碰撞，却也听不到当啷声响。我突然有一点醒味过来，解散那天的几滴眼泪竟有一种青春散场的意味，为这乏味人生中突如其来的巨大热情默哀。

我想我大概再也不会有机会像学生时代憧憬开学一样地憧憬工作，也没了轻装上阵到另一个城市欣欣向荣的勇气。

小关说眼界越宽，幸福的阈值就越高。

一些看似荣辱不惊的背后,往往伴随着活力、敏感力的流失。少年时期纤细的神经被磨砺得越发粗壮,逐渐失去了感知那些微小而确实的幸福的能力。

而对于这种能力的丧失,如同衰老、死亡一样,无可避免。

我们终将变成空虚乏味、无法无天的中年人。

我好像自己生活里的寄居者

我很喜欢走路,是能从东城到西城走上十公里的喜欢。走路是思考最好的见习运动,也是最便宜便捷的解压运动,什么都不需要,一双足够舒适的鞋就行了,随时随地,走到哪儿算哪儿。我和马小姐都喜欢走路回家,一走就走上两个小时。

前几天见一个老朋友,也不刻意找人少僻静的咖啡厅,我说你能走路吗?她说能。于是我们边走边聊,又是三个小时。

以下这篇文章便是周末晚上,我跟马小姐从北三环走到东二环的成果。

说到来北京的初衷,我是因为大三学期末,系里请来一个在电视台就职的学姐,给我们做就业动员。大概在咱们这批学新闻的人当中，在电视台吃官饭应该是一个顶不错的选择，可是学姐特别耿直地讲，体制僵化，电视台大概是一个最无奈的选择，我猜学姐应该是有过新闻理想。其实那天她讲的话，我只记住了这一句，不知道怎么就演变成了一种剧烈的恐慌，我仿佛灵魂出窍似的来到了四十岁的身体里：在家乡的事业单位里混日子，相夫教子，寂寂无闻。年少时有的一点对于成功的渴望，被柴米油盐的烦琐生活消磨殆尽。对于世界的见识，大概就是随旅游观光团七天六晚，四星酒店到此一游。我被这突然闯进意识的画面吓得浑身发抖，我想此时此刻我一无所有身轻如燕，如果不冒险一试，必定郁郁终生。所以我来了北京。

而马小姐回忆说，自己研究生毕业回到北京，本来打算在家附近谋一个大学老师的差事，为人妻为人母，过一份安全安定的生活。可是大学也不是那么好进的，才退而求其次地来了北京，干上了编辑的勾当。说出这些话的当下，马小姐甚至有些骇然，似乎忘记了自己原来是一个求稳的人。

我们对于自己究竟是什么样的人，时常困惑。我们从心理测试、星座说明及朋友圈的主流价值里组装自己，说着做着，便以为这就是我们本来的面貌。而一个拥有独立人格的文艺女青年，在一场婚变里就被打回原形，抖落出那个传统、自卑、男权至上的小女人。

我们时常把命运的推拿，当成了意识的自由，把一个捏圆搓扁的自我，当成了主动选择的成果。

昨天 NY 推送的一篇关于空虚感的文章里讲："人们有一些不被允许存在的愿望，这种愿望被压抑到自己的意识都忘记了它们的存在，对这种不允许存在的愿望的压抑，便是空虚感的核心特征。"这种无意义感混杂着焦虑始终在内心滋生。惯常到我时常体察不到它们的存在。直到因病卧床，因为身体的极度虚弱而使得"吃了睡，睡了吃"的生活变得正当，我才体会到那一种莫可名状的轻松感：终于不用为了没有运动而自责，终于不用为了那看不完的影片和读不完的书而焦虑。终于有一个片刻我们可以随心所欲地当社会的蛀虫，不用为没完没了地完善那个"更好的自己"而忧心忡忡。

这时，我才看清日常紧绷着的那根弦。

我时常说，北京豢养了我们。这里有看不完的话剧，听不完的讲座，见不完的有趣的人。好像一离开北京，精神生活便退化成一摊繁杂的水墨，表达不出多姿多彩。而反过来，我们马不停蹄地看展、看剧、参加聚会，难道不是为了维持这种虚妄的文艺表象吗？拍几张精调角度的照片，写几段寓意不明的文字，好像唯有这样，才是支撑我们继续在这里，而不是回去小城市的重要缘由。

而时常，我却实实在在地羡慕着那些在家乡安居乐业的人。他们的文艺情怀因为落地生根而带有一种自我满足的踏实感。他们执着于现磨的咖啡能最大限度保留咖啡的焦苦味，上班通勤骑电驴，戴"陈绮贞"头盔，假装生活在垦丁。连养的猫都有一种慵懒恣意的安全感，见了生人都不会逃走。

2001年的某堂语文课，初初毕业的中文系女教师跟满眼睡意的学生讲米兰·昆德拉的《生活在别处》，一个落魄诗人对别样人生的追寻，实则是对破碎自我的逃避。

"我始终觉得自己是当下生活的寄居者。"我说。

马小姐回说，感觉自己错过了最好自我的可能性。

而那被压抑的不被允许的愿望到底是什么，大概是此刻我们都想探究的秘密。

当你感到绝望时

不知道从什么时候开始,星座运势成了我的生存指南,从月运到年运,牢记每一次水逆,以避免签署重要合同及购买电子产品。最爱 Susan Miller,并能从一大堆冒名顶替者中一眼识别真伪。苏珊大妈才不会用厄运来威胁你,并以此兜售开运的物品。Susan Miller 作为一个美国的星座专家,能在中国红到发紫不是没有原因的,她对于星象的解读,带着最大的善意,用一种励志和鸡汤的形态,让你觉得下个月、下一年的人生简直充满了好运。

也许我本来就有迷信的基因。十岁那年寒假接连做了两个手术。躺在手术台上等待麻药发作的时候,我想我一定是被厄运缠身,才会在小小的年纪饱尝"全麻"和"半麻"的洗礼。我甚至在痊愈后,自发研究出一套驱逐霉运的仪式,在学校里引起同学的嘲笑,最后被请了家长,连老师都觉得我是个有问题的小孩。

宗教是苦难的信仰，越是束手无策的时候就越是爱求神问佛。面对前路漫漫暗淡无光，只求神灵看顾，并以此为依托。

朋友在婚变的时候，拜遍了各路神仙，雍和宫、潭柘寺、白云观，相传给明星改运的神秘大师、据说能请仙家上身的出马仙，每次问道回来都兴高采烈地跟我们复述神灵的启示：他一定会回心转意。那时候她的眼神炽热得像一个病人。其实她就是一个病人，无药可医，只能等时间治愈。但时间的疗效太慢了，于是她只能在寒风吹彻的香山脚下，一步一拜，用一种自残的方式换取神灵眷顾。

我还陪一个朋友去过五台山，也是同样的因由。开车走在高速路上，除了一些拉煤的大车经过，整条路都很清静。一路沉默，我们各有心事。等终于到了五台山，朋友迫不及待地去礼佛。她无比虔诚地跪拜，那些无人可说、无处排解的忧愁苦恨，只能埋在心底与面前这尊千年古佛诉说。

我们拜各路神仙，以及每到年末就迫不及待地追看来年运势，大抵是将现实中无法勉力的事，托付给冥冥中的绝对力量，让软弱的内心有所投靠。好像跪拜了神明，事情就真的会有转机。好像了解了来年的运势，就真的能趋利避害一切顺遂。

但其实，该来的终究会来。被安慰的，只是当下那一颗惶恐无比的心。

这两个朋友都先后离婚了。

只有放下对所谓幸福的执念，
才能了悟一切皆是最好的安排。

离婚后，再也不曾听朋友讲求神拜佛的事。不知道是否因为神明没有抽出时间为她排忧解难让她不再信怪力乱神。但更重要的，是她不再对保住这段婚姻心存希望了。

求神拜佛更像是心伤之人对自己的告慰。是在束手无策时，派发给自己的一点莫须有的希望。一旦这仅有的希望也被扑灭，就只有淹没在彻底的绝望中。

记得高中语文老师曾在我的周记本里批注：可以失望，但不要轻言绝望。似乎绝望是一种黑暗的力量，将人托孤于虚无。

刘瑜在《一个人要是一支队伍》中对绝望的理解是这样的：

真正的绝望跟痛苦、悲伤没有什么关系。它让人心平气和，让你意识到你不能依靠别人，任何人，得到快乐。它让你谦卑，因为所有别人能带给你的，都成了惊喜。它让你只能返回自己的内心。每个人的内心都有不同的自我，他们彼此可以对话。你还可以学习观察微小事物的变化，天气、季节、超市里的蔬菜价格、街上漂亮的小孩，你知道，万事万物都有它值得探究的秘密，只要你真正——我是说真正——打量它。

印度教的灵性四句话之一：无论发生什么事，那都是唯一会发生的事。我们所经历的事，不可能，绝不可能以其他的方式发生，即便是最不重要的细节也不会。并不存在"要是我当时做法不一样……那么结果就会不一样"。无论发生什么事,那都是唯一会发生的,而且一定要那样发生,才能让我们学到经验以便继续前进。生命中,我们经历的每一种情境都是绝对完美的,即便它不符合我们的理解与自尊。

我终于理解了《海上钢琴师》里的那句台词:陆地上的人喜欢寻根问底,虚度了大好光阴。冬天忧虑夏天的姗姗来迟,夏天则担心冬天的将至。所以她们不停地四处游走,追求一个遥不可及、四季入夏的地方。我,并不羡慕。

只有放下对所谓幸福的执念,才能了悟一切皆是最好的安排,真正的绝望,是从零出发,看到花开,看到日落,看到星辰满天,看到群鸟归巢,看云卷云舒,对这世间的一切,心存感激。

身体都知道

过敏小姐又过敏了。

"过敏小姐"是我的一个朋友,因为整整一年她都在过敏和生病,我们由是如此戏称她。

"可我以前是个金刚芭比,从小就不怎么生病来着。"过敏小姐这么跟她的男友解释道。这位看起来和她很登对的男友,是去年年底才正式"晋升"确立关系的,可在一起以后她却一直在生病。

毕竟是这么多年的朋友了,我们都不否认她曾经令人震惊的"元气体质"。她坚持锻炼,注重饮食,几乎没见她去过医院,家里连药箱都没有,往往感冒后泡脚加喝姜茶,两三天就能复原。除了偶尔换季会引发的皮肤过敏症以外,大家都心知肚明,她绝不是林黛玉似的娇弱身子骨。

可今年,她却接二连三往医院跑。先是春节登山意外摔下石梯,瘸了半个月,膝盖摔得血肉模糊,每次去医院换药都痛得挠心挠肺,直到现在还留着丑丑的疤痕印子。然后是莫名腹泻,换了几种药吃都没用,还在公司的年会活动上疼得晕过去,一个多礼拜的折腾,人都脱相了。再来就是过敏,春夏交接之时,她因为约会时吃了甜品里的几小块芒果,第二天起床嘴就肿得奇高,连说话吐字都困难。我们去到她家时,看她一个人可怜巴巴地还蹲在电脑前写稿,于是不由分说地强行拉她去医院,她怕得像个小孩,眼里尽是恐惧。我叹叹气,牵着她颤抖的手陪她打针。

"我特别怕一个人去医院,我从小就不喜欢去医院。"

过敏小姐这么跟我说。想到她以前提起,自己人生中经历的第一次生离死别就是在医院,和最爱她的外公道别,所以那样一个充满消毒水味的空间对于她来说是童年阴影的再现,我也就明白了她为什么每次生病都抗拒去医院了。

故事讲到这里,大家也许会想起那位"登对男友"——怎么在这样的叙述中,这位男友在过敏小姐的每场病痛里都缺席了呢?

其实不完全是。年初的摔伤导致两人分隔异地没法践行约好的情人节相聚,着实小隔阂了一番,男友似乎没有过敏小姐那般期待和在乎仪式化的相见,不过结局还算完满,男友最终带着礼物出现在了她爸妈家门口。腹泻那次,男友始终没能出现过,只是在电话里告诉过敏小姐自己去医院看看,等到她几乎痊愈以后,才带着朋友从泰国带回的"神药"出现,也好,加强了药效巩固。而过敏嘴肿成欧阳锋的香肠梗,后来成了两人生活中最逗趣的共同笑话,但在她话都说不清的时候他却也不在身边,大概也不知道她的过敏体质会严重到要连续去医院打针挂水吧。

大多数时候,过敏小姐都没有抱怨,虽然偶尔会开玩笑说之所以生病还不是被男友给气出来的,但一念及这些略带反转的细节,过敏小姐就又破涕而笑了。

"可我怎么就一直在生病呢,我以前真的不是这样的啊?"过敏小姐略带抱歉地自我质疑道,吃下男友在冷战以后送来的维生素片,一脸闷闷不乐。

过敏体质的人大多免疫力抵不过突变的季节环境变化,也有人说往往敏感的人更容易过敏。虽然前者是一种状态,后者是一种症状,但总归是有身心的相连——人体犹如一台最为灵敏的精细器械,牵一发而动全身,哪怕是最细的神经线,也会把一丁点儿情绪与情愫无限放大。

你是不是发自肺腑地快乐,身体都知道,或许,也只有身体才知道。

过敏小姐和男友在一起的这一年里,从来没有吵过架,男友常常对外人夸她独立懂事，她也大方宣布恋情的幸福，两人一直做着他人眼里的登对情侣，直到突然分手的那一天。

这样的消息几乎令所有人都错愕得来不及反应。是过敏小姐提出来的，并且在又一次病倒之时坚持从男友家里搬出来。我们看她戴着口罩在新租的房里张罗，习惯性地一个人忙上忙下，一边流泪一边咳嗽，她说都怪这该死的换季感冒，可我们都知道她是真的想哭而已。

"这大概是今年最后一场病了吧，过了就好了。"纤弱敏感的过敏小姐，顶着半个脸颊没有来由的红肿疹子，若有所思地说道。

她之前问了自己大半年的疑问句，终于有了答案。

最好的，时光会筛选给你

Part 4

你这么善解人意，
想必一定没有人懂你

莹子和灰灰大吵一架，向来直肠子、暴脾气的灰灰跟我抱怨，说莹子太小气了，不过是因为她在朋友圈里 po（上传）了一张自拍，而站在身后裹着浴巾的莹子不小心入画了。

"就是你不对！"我毫不偏袒。

灰灰不服气地辩解说："可是我在发现的当下立刻就删除了呀，前后不过一分钟，也诚恳万分地跟她道歉了啊，可她却连这点小错误都不肯原谅我。"灰灰给我看手机上十几个被拒的电话。

灰灰和莹子是万年室友，一个是耿直外向脾气火暴的重庆女孩，一个是温婉和顺慢声细语的江南女子。莹子向来让着灰灰，不论是小到逛街看电影,还是大到家用电器的添置采购,都依着灰灰的意见。当初租房选址都迁就着灰灰,选了离她公司比较近的小区。莹子性格内向,大家吃饭聊天,我们为一个话题争相发表高谈阔论的时候,她总是安静地倾听每个人的发言,你要不问她,她是不会轻易发表看法的。印象中莹子总是笑容可掬,跟谁也不会生气的样子。每个人偶遇情绪低潮第一个想到的就是她,因为她总是能耐心听完你的抱怨、牢骚。而大家商量什么事情,却总是忘记询问莹子的想法,大概随缘如她,让我们忽略了她也是个有需求、有情绪的独立个体。

所以莹子这次破天荒地生气,灰灰明面上是抱怨,实则是心虚。对于这份沉默中的爆发,我们都有些束手无策。

学生时代,暗自摸索出来的识人法则是:那些一开始让人难以接近的人,反而日后相处融洽,而那些看起来随和平易的人,却总是给人意外的隔阂。后来深思其中缘由,不过是那些一开始打了"坏人"标签的人,稍微给点甜头,心中便赞许有加;而那些被我们归类为"好人"的朋友,稍有差错,便让人生出人不可貌相的评价来。说起来,不过是期望管理的缘故:我们对"圣人"的期望过高,容不下一粒沙子;而对于"俗人",本无过多要求,反而一点点善举,便心生欢喜。

高中时,男生们爱在教室后面把门框当球筐投篮,尤其是冬天,天一冷他们就窝在后面"耍帅",篮球没投进去几个,倒是把后座的人搞得鸡飞狗跳。那时候的同桌是生活委员,是我在读书时代见过的最温顺的姑娘,班里的同学都喜欢她。

有一次课间，她的粉色保温杯被球击中了，据说是她姑姑从日本带回来的"舶来品"，在桌上打了几个转以后，重重砸向地面，杯盖被甩飞出去，碰到门，散架；杯壁看起来安然无事，但捡起来朝里一看，内胆都脱落了。几个始作俑者紧张兮兮地跑过来检查，一脸"完了完了"的表情，急得满头大汗，带头的男生倒是先反应过来，小心翼翼地问坐在一旁看热闹的女生。

"这是谁的杯子？"

"圆圆的。"

三个男生立即长舒一口气，修杯盖的男生也停下来，把零件排列好放回桌上。

"是圆圆就好了，我还以为是方方或者婷婷这种泼辣女生的呢，那就……够呛了。"男生们相互之间碰碰拳以示安慰，并迅速收拾好现场，像什么事都没发生过似的。一旁的女生也点头接话："是呀，圆圆不会介意的，她人那么好。"

因为人好，就不应该生气，否则就不符合"好人"的设定。大概青春期的我们都没能体会出这套逻辑里的悖论。我们用"人好""善良""随和"这些标签予以绑架，表面上是颁了一枚枚奖章，实则是对"好人"的压榨。就连身为同桌的我，也自然地以为，老好人圆圆不会也不应该生气。圆圆果然没有让大家失望，她愣了半天挤出笑容说"没关系，都怪我自己，不好好把杯子收好"。因为太过理所当然，甚至没有人细心甄别那浅笑里的言不由衷，也没有人去体恤那和善的眼神里的心痛。

多年以后，我渐渐明白，善良是一种宝贵的品质，却并不意味着无差别地忍让和无限度地委屈自己。更为成熟的为人之道，并不是毫无原则地退让和容忍，而是有能力去明辨是非，以及恰当地设置个人的"委屈界限"。

"委屈界限"是类似于原则性的一些条条框框，有了它我们才能在保有体谅别人的优点时，更学会自我表达，毕竟人与人的相处本来就是一场平等的对话。在察觉到对方触犯自己的底线时要及时沟通，要有喊停的觉悟和勇气。

趋利避害的天性，让我们总是无意识地占了"老好人"的便宜，一边说着"你最好了"却渐渐习以为常，失却了对这份善举的感恩。反而对那些严格苛刻的人，抱有谨小慎微的态度，生怕一着不慎自掘坟墓。这个世界，对好人太不公平。

莹子这次生气，对于灰灰和我们这些朋友来说，都是一记当头棒喝，让我们从温吞的态度中了然，善解人意是馈赠，而不是本分。也让我们反思，平日相处中，那些被无限体贴却又不自知的脉脉温情。

请珍惜那些不会哭、不喊疼的孩子，她们才是这个世界收起翅膀的天使。

我不再饮酒，
只因你在另一个城市

1

南方姑娘是读书的时候迷上的喝酒。

最初是因为大学门口的大排档，那时候莫名其妙去了一个社团，专给艺术团写脚本，团里的人都是夜猫子，白天好好上课刷剧，夜深人静了才聚到一起来头脑风暴，夜深到连学校图书馆都闭馆了，只能去廉价却又好像永远都不会打烊的热闹大排档。常常是把酒言欢到宿舍也闭门，从星星月亮聊到诗词歌赋，而什么策划什么脚本，早在酒下肚的前半个小时里，已经碰撞、落实得一干二净了。她大概是从那个时候起"染"上了坏毛病，只要能聚起对味的人，就嚷嚷着要喝酒。在二十出头的年纪，酒，不是用以浇愁的利器，

而是愿意卸下防备的预备仪式。

太善于伪装的人们,总要等到神志不清时才开始"做自己",冬日里暖酒下肚,结伴在空旷的街道上手挽手并排前行,口中唱着《巨浪,巨浪》……于是,大学里好多荒唐又鸡血的事儿,都混在酒里成了最难忘的回忆。

2

后来去国外念书,起初的半年里滴酒未沾,人生地不熟,也实在不敢轻易去打扰疏于交流的外国邻居,直到遇见北方。

北方是住在学生公寓里的老学长,他毕业四五年了,却一直住在公寓里。他是北京人,皮肤很白,长得像韩国欧巴。一开始,他们都客气地用英语相互问候,在互装了几个礼拜以后才都心知肚明又佯装惊喜地跟对方说道:"哦,原来你也是中国人啊。"

在国外的生活再好,也是无根的,所谓的"思乡",据南方姑娘后来总结,大概是吃了异邦食物的胃在闹情绪。北方起初是被她做的"老干妈"意面给吸引过来的,后来便经常觍着脸拎着酒来蹭吃,再后来干脆拉着南方去海边喝酒。沿海的城市,空气温润,气候适宜,夜里也不冷,反倒有咸湿的甜味,坐在海边,喝得慢,谈资便是下酒菜。

他们之间当然也发生过一些故事,毕竟都是独身在外的单身男女,不过又都赖着"酒友"的名义,谁也没有主动要将关系推进。南方是笃定了毕业就会回国的思乡症患者,而北方是前途未卜的流浪诗人,所以南方姑娘理智地把他们的关系定义为"特殊时期借着酒力相互取暖的邻居"。只有一次,南方因为学业的压力撒过一次酒疯,北方把不安分的她背回了卧室,替她擦了脸、盖了被,然后回去继续赶代码。从那次以后,南方每次不开心了都会使着性子放心大喝,哪怕是跟其他外国邻居和同学一起喝,因为她知道,就算自己醉得不省人事,还会有北方来背她回家。

南方姑娘说,北方是她那段时间里最真诚的酒友。北方曾说后悔没把她喝醉的模样拍下来。"你酒品不好,但我其实还蛮喜欢你喝醉以后的样子,因为没那么塑料。"这是北方和她告别时的最后一句话,于是南方姑娘带着复杂的心绪敞亮地张开双手拥抱了他。

3

工作以后,每个人都变得很忙,也再难遇到无需伪装的酒友,走得近的女性朋友大多也已结婚,喝得节制。实在馋了也是买一些进口的梅子酒去家里喝,不尽兴也不敢尽兴。有时候也会和同事或者新认识的男生去酒吧 happy hour(享受时光),喝着鸡尾酒,也谈天说地,聊人生叹失意,但很快就清醒过来,还知道在关键时刻去洗手间补个妆,然后拉扯出塑料的笑容回到席间,谈笑自如。

时间从来不等谁,没有人会变老,人只是变暗而已,就像入夜的天色,会怀念过去,但过了就是过了,无论心态还是身体,都会开始发出"节制"的警告。南方的工作并不需要因为社交而辗转酒局,她一个半吊子酒鬼最终没能靠喝酒升级。

木心说过一句有趣的话,交友三试,试之以酒,试之以财,试之以同逛博物馆——他把酒放在了第一试当中,想来他也是喝了酒就能和这个世界拜把子的意气风发者,一起微醺过后才敢勇敢与执着,这样的少年气和并肩感,真是到老也想拥有。

转眼三载,又是入夜的十点半,过去的此时此刻,他们会相互拎着一瓶酒出来对月聊天,如今,却只剩下明月了。

给绝交的朋友写一封信吧

《蒋公的面子》里最让我印象深刻的一句话,是夏小山说的:绝交书不算什么,还可以写一封复交书嘛。

对于像我这样一个"中二病"久治不愈的人来说,身边的至交好友几乎都是从绝交继而复交的轮回里一路走来的。算算我正式递出的绝交信就不下五封吧。(我这么认真对待友情的人已经绝种,你们要好好珍惜!)

第一封大概是写给高中的朋友,大意是觉得她偷走了我的阳光和正能量,让我变得忧郁、敏感又感伤,想想还是不要跟她做朋友了。

第二封是写给大学朋友,具体忘了什么缘由,只记得半夜我去她寝室敲门，她裹着被子从开了一条缝的门里看到我手里的绝交书，着急地推门说"我不收"。我用身体抵着门强行把信塞进她手里，然后郑重地跟她说了再见，自己折回被子里哭到天亮。

　　第三封依然是写给大学朋友。大四我们三个人在外租房，我和另外一个女生准备考研，而她进入报社实习。经历了一段混乱交杂的时期，我考研失利，但依旧计划"上京"，她恋爱告终，又焦灼在是否能顺利转正的问题上，不得安宁。我几乎都不记得当初导致绝交的具体缘由，可见并非什么原则性的大问题，简直都是"没什么大不了"的小情绪，然而在那个用情至深的年纪，一点点小小的辜负，都有错把青春空付了流年的激烈悲壮。大概觉得唯有用绝交信这么郑重其事的姿态，才能配得上每一段真心付出的友情吧。

　　当时我已经退租，自己在出租屋收拾行李，发现一只泡沫填充的海绵宝宝，使用权归我，而我们各有一半的所有权。当初我在门口的礼品店看见，对着橱窗说了一句"十分可爱"，没想到她就说送我，但橱窗里的那只有轻微瑕疵，她就付了订金，跟老板预订一个新的。我们说好尾款我付，她笑说："这只海绵宝宝身子是我的，四肢归你。"就是因为这句戏言，我狠心剪掉了海绵宝宝的四肢，白色的泡沫血液流了一地，我把只剩下躯体的海绵宝宝放在她床头柜前，绝交信上写满了我对她的失望和痛诉。可是每一次经过时，海绵宝宝残缺的身体，却一直对着我憨笑。每一分笑都带着对我暴行的宽恕。

　　我难过极了，也不再忍心让朋友看到这份狠心。于是我拿出针

友情的分手跟爱情别无二致,
都怀揣着对于对方的怨怼和不舍,
也都是万分认真地决定要结束,
却又暗含心机地期待着将来还有复合的一天。

线，把四肢给接了回去。

后来我去北京那天早上，她向朋友打听了我的列车始发时间，擦着时间赶来送别，我们红着眼什么都没说，却又好像什么都说了。

跟朋友讨论为什么会爱写绝交信这种事，大概除了幼稚之外，还是因为对朋友太过在意吧，即便觉得被辜负了也不想慢慢疏远，渐渐陌路，而是用悲壮的方式，给友情留下一个缺口，反正，我还可以写复交信嘛！

记得高中那位好友拒绝我晚自修结束后的消夜邀约，说是预感到了我们要"分手"这件事。原本我还觉得"分手"是恋爱的专有名词。而写下这些绝交回忆的此刻，我不免想到，友情的分手跟爱情别无二致，都怀揣着对于对方的怨怼和不舍，也都是万分认真地决定要结束，却又暗含心机地期待着将来还有复合的一天。

现在我已经鲜少再有犯病的时候，想到朋友的时候，都是温暖而有趣的片段，大概是时间温柔且有力量，总是洗练掉崩坏的部分，留下的都是朦胧灯光。

趁着夜色温柔，起笔给绝交的朋友写一封信吧。

你是花,我便是爱丽丝

——致我爱过的女孩们

这辈子听过最动听的话,都是女孩们说与我听的。

初中好友陈甜甜说,如果感冒传染给别人,自己就会好的话,我希望你传染给我。

中考前学校组织了一个为期八天的集训,去近郊的某个度假村,让青山绿水竹林听雨的自然生活,能在最后的冲刺阶段创造一点点奇迹。当然不是人人有份,只有年级前八十名有资格参加。刚刚好,我的死党闺蜜陈甜甜揪住排名的尾巴,侥幸过关。可不知道为什么学校高层宣布此次排名作废,大费周章地重新举办了一次考试,结果对于陈甜甜来说,便是空欢喜一场。临行那天,盛夏之际下了一场雨。我从教室出发的时候，陈甜甜说"我就不送你了吧"。人到门口，她又追出来，帮我提了行李，上车前给我递了一纸信封，嘱咐我到了再看。

我当然是忍不住，车一开动就拆开来看，里面有八个小信封，按照日期编好了号，她说，因为有八天见不了面，所以见字如面，就像她陪在我身边一样。

我时常在想，青春期的少女完全是另一个不同的物种，敏感得匪夷所思，浪漫得惨绝人寰。那一颗玲珑心，未经尘世拂擦，那一点光要亮好久好久，久到我几乎都忘记了。为祖国五十周年诞辰庆贺的那个盛大宴会上，头顶烟花炸响，我们仰面看天，惊讶得说不出话来，我看了她一眼，看流光在她脸上投下的斑斓，内心十分触动。但我想我会永远记得这一刻，那年我们十四岁，那么那么要好。

后来我在高中遇到一个叫晗的姑娘，背个超大的书包，走路飞快，不太跟人交流的样子，一副高度数眼镜时常沿着鼻梁往下滑，你要是刚好坐她前面，趁她记笔记的时候突然转头，就可以看见她从眼镜上方露出来的睫毛又浓又长。她是外地生，我总是听说，她时常躲在角落哭。

我们俩熟识起来，一个是因为晚自习缺席，一个是因为晚自习讲话，被发配到图书馆去自习。原来她很会讲故事，那些青春期失序无章的情节，被她描述得如诗如画，我爱听她讲话。而我不太明白她这样一个严格自律的优等生，为什么会和我这样一个总也睡不饱的"特困生"做朋友。后来她说,我像太阳,让人不自觉地想靠近。陪我磨蹭着在校园漫步,明明焦灼着还有一页完形填空没有做,还有一章单词没有背,"可就是忍不住想在你身边逗留一会儿,再一会儿。"她是这么讲的。

后来我发生了巨大的变化,心里像是被落进了一颗名为"敏感"的种子,在潮湿的心壁上生根、发芽、壮大。我莫名地多了好多从未体会过的情绪,如同潮汐,随着星辰、日落起伏跌宕。我不明白为什么只是在路边驻足看了一眼晚霞,伤感就快要从眼睛里漫溢出来;我不理解为什么明明很怕冬天的我,却执念着夜晚那一盏盏散发清辉的路灯,和那一团团被呼吸带出来的浅白水汽。我不清楚,我为什么总是不快乐。

刚好相反,晗却变得越来越开朗活泼,她笑起来的时候,眼睛很亮,她总是很快活。我想起一部香港电影里讲替死鬼,袁咏仪扮演的女主认识了一个很投缘的租客,周围的人都说她们像,后来所有的亲友都把那个女孩认成袁咏仪,最后连家里的全家福都变成了那个女孩,而她从镜子里看见的,居然不是自己,而是那个女孩。

我们很好很好,而我却也忍不住想,是她偷走了我的阳光。

有一次政治大课,在阶梯教室上,我们坐一起。我不知道怎么突然说:"不知道为什么,我们这么这么好,我却很少跟家里提起你。"她点头说:"我也是。"我写了一半问答题,突然眼泪就流出来,接着说:"不知道为什么,你就像是我没有血缘的亲姐妹,

我想我会记得那一刻,
那年我们十四岁,那么那么要好。

虽然有时候也会羡慕、嫉妒,一念及你的好,便真心感恩能与你结缘。"她默默擦掉眼泪,隔了半晌说:"我也是。"

我曾说过,我讨厌跟女生做朋友。她们过于细腻敏感、小心眼、爱计较,与她们交往,好累。

也是我说过,我爱每一个出现在我生命里,陪我走一段路的女孩。她们温柔、懂得,她们用一颗善感的心,安慰了我太多太多混乱失序的低潮。

那个陪我半夜走穿了半个城市的女孩。

那个每年只在我生日那天发来问候的女孩。

那个跟我冷战了半个月,把道歉信挂在门把手上的女孩。

那个跟我在熄了灯漆黑的走廊聊到天亮的女孩。

那个跟我蹲在路边,分享第一支烟的女孩。

她们像是经停的车站,即便列车开出很远很远,却永远亮着一盏毛茸茸的灯,回首,便能看见,看见那些温暖过彼此的瞬间,看见那些至情至真的年岁,看见那些过站却永不过期的情感。

马小姐三十二岁生日,在西塘的酒吧抓着老板的手说:"终其一生，不过是要找到一双温暖踏实的手掌。"前些天我们闲话家常总结了一下四年的同居生活。她改口说，人这一辈子吧，不过就是找个能知心体己的陪伴。大概谈恋爱都难遇到这么一个明白懂得的对象，跟你住的这几年，难怪没有恋爱欲望。

将来我们必定会抛弃彼此，拉铃，到站，通往各自新的人生。留给彼此一个巨大的缺口，等待被时间慢慢填满。于是，我变成她留存的票根，而她也变成明信片。在某个晴朗的早晨，阳光刚刚好，我便会想起她抱腿坐在光线里，我端了杯咖啡倚在门上，芳香满溢。

重来一次，
我们仍然学不会好好告别

1

"我有一个朋友"，听起来像是一个欲盖弥彰的故事开头。

她大概是我们混吃等死团里唯一一个自带知性光辉，矜持而又稳重自持的人。就如同大多数因头脑而杰出的女性总是跟浪漫爱情绝缘一般，你很难想象她在感情里失控的样子。

大三那年，她突然行踪莫测，经常性缺席团里的腐败活动，行事遮掩，却掩饰不住眉眼间无端的笑意。对，她恋爱了。据说是在一个朋友的空间日志里看到另外一个人的留言，是她最喜欢的电影台词，她接续了下半句，缘分就把她和大洋彼岸的那个人捆绑到了一起。日日晨昏颠倒的越洋电话是她屡屡关门谢客的罪魁祸首。

我的朋友恋爱了,对于虚掷青春的"骚年"们来说,并不是一件值得庆贺的事。

半年后,她第一次对我坦诚地讲他们的相识,讲他们的相知,再如何相恋。我大概忘了那些命运精巧的设计是如何把两个陌生人送作堆的,但我仍记得她因兴奋而拔高的语调。她说:"我从不觉得自己与幸运有关,可当别人提起'幸运'两个字的时候,我竟然抑制不住地抢白'我就是那个幸运儿啊!'"她说:"幸福就像蝴蝶,你追它躲,但当你停下来细嗅花香,它就默默地停在你的肩膀上。"这些陈词滥调从她嘴里说出来,带着莫大的蛊惑力,彼刻的她是那么相信。

接着我们忙实习,忙考研,忙论文,忙毕业,再忙借着酒劲互诉倾心,借着离别拥抱告白。然后变成毕业照上的一个伶仃头像和社交网络里偶然跳闪的图标。这位朋友又莫名消失了半年之久。当代表她的图标再度亮起的时候,好像失联这件事并未发生,像是接着下半夜聊剩下的话题:

毕业后他们回到共同的城市,去楼盘看房的时候,一个共同的朋友笑着对她说:"××你要跟×××结婚呀?"男朋友笑着说:"是我想跟××结婚。"

看,这是个多么体面的恋爱故事。

然而一次因为琐事争吵后，她冲动地提了分手。自此这个体面、温柔、善解人意的男朋友就彻底消失了。

"你找他了吗？"

"找了，他切断了所有联络通道，删除了空间里你来我往的证据，甚至躲过共同相识的朋友，就像从没出现过一样。"

这是，一个没有郑重告别的故事。

2

我有一个朋友，我们第一次见面是在 2008 年陈绮贞北展演唱会结束后的麦当劳，她骗我说她是发型师，我还天真地说，那我春节回去找你剪头发。我们最后一次通话，她在跟我复述当天被前女友追杀的戏剧场面：被半瓶冰红茶泼了一脸，还用空瓶敲了我的头。当我在电话这头笑得四仰八叉的时候，她嗔怪地说："亏你还笑得出来。"

那年我们约好了春节去长滩看银河，我还在犹豫要不要跟他们去学深潜。"不着急，慢慢考虑，时间还早。"她这么告诉我。

接着，她突然从社交网络里消失了一阵，我后知后觉才听说她生病的消息。就像我们不会真的去担心一位朋友的重感冒，即便那也有可能演变成致死的继发反应。大概在潜意识里，我们真心关爱的人都多福多寿，无论多危机的关口都能挺过，在下一个放晴的午后，把它当成谈资，一脸骄傲地自述：老子也是跟死神交过手的人。

直到春节前夕，微博上的一支小蜡烛亮起，我才轰然惊觉，我们终究是失去了。

其实我并不能十分确定地说，那次"前女友"事件就是我们精确的最后一次通话，就像我想不起来我们真正意义上的最后一次互道再见。再见，就是还会再见面，以为后会有期，所以并不着意，没想到竟是这般潦草了事。

而我深刻记忆的，是那年她来北京跑演唱会，我去T3送别，向下的扶梯载着她逐段消失，她频频回首的样子。那一幕便成了纪念她的一个长镜头，时常让我误以为，我们有好好告别过。

3

新世相推的一篇关于告别的文章里讲："生命只要还没有结束，我们总认为告别是暂时的。我们最大的冒失之一，就是误以为人生长到可以找回失去的东西。其实，离别大多数时候就只是离别而已。"

像我喜欢的那句话：我喜欢去多于来，因为这世上没有可以回来的地方。

总是回过头才意识到原来那一天是真的再见，再见总是说着说着最后却成了再也无法相见。即便明白这个道理，再见却也不是一件可以练习的事。那些戛然而止的休止符带给人生的惊诧和唏嘘并不能阻止我们在现实的选择里继续踯躅，就像明白了人世的无常，却也并不能让我们在世俗的烦庸里更超然决断。我们还是会在领悟到"珍惜"的下一刻又意气用事地说了分手，再也不见。

人生只有一条向前的路。无论是义无反顾还是流连徘徊，我们终究无法阻止自己变成历史，变成"重要过"的曾经。

所以，即使重来一次，我们仍然学不会好好告别。

后记：

  前几日归家途中，同行的同事指着桥下结了一层薄冰的河面对我说，明年五月要是我们都还在，我们就去那条河堤溜达，一直向西是一片海棠花海，那时会很美。

  经过一段时间的同行陪伴，不知何时我们又会变成社交圈里相互点赞的朋友。但那一个片刻定格成一张明信片，带着满页花香，无论去到哪里，都是一段旅途的珍贵见证。

你如此特别，只因你是我的

我不是一个喜欢小孩的人，从来都不是。

我对无法自制的尖锐哭声过敏，害怕收摄不住的口水和鼻涕，小孩身上天然发酵的奶味也让我难受。我不太有办法在父母面前对他们的小孩表达出礼貌性的热爱，我学不会用适当的方式压扁声带，模拟卡通人物的说话方式逗弄小孩，所以我总是设法避免和有小孩的大人来往，无法正确夸赞孩子，无疑是巨大的失礼。

而小孩也不喜欢我。他们总是看穿我不得不装出的热情；他们神奇的感知力总是精确地探知到我声线里的冷淡和敌意；他们会对我作势伸出的双手扭过头去；他们偷偷观察我，却在和我眼神交错的瞬间转移视线。

每当我看着它，它也看着我的时候，
我明白它不是一只猫，它是我的猫。

我实在无法理解为什么会有人想要生小孩。为什么有人会想要拥有一项无法退换、无从让渡、无法丢弃的责任。为什么会有人愿意花九个月负重，再给自己来一记超过人体承受极限的疼痛。我是绝对不会生育的，二十岁的我曾斩钉截铁地这么发愿过。

　　然而大约在五年前，我察觉到一些变化在我体内无声滋长，它悄然无形，无从辨认，就像淀粉里的甜味，若有似无好似幻觉。但你就是能感觉到一种异样，对于小孩的天然敌意似乎不像往日浓烈，在街上看见小孩，会有一种奇怪的类似"痒"的感觉在心里抓挠，但那绝对不是喜欢，我怎么可能喜欢小孩，这个想法让我惊恐万分。

　　但的确，小孩子在我眼里的呈现有了变化，它们变成逆光里软软的绒毛，他们有透明的小指甲，在睡梦中握紧的手心刚刚好可以放下一根成人的拇指，他们睫毛稀疏卷翘沾着永远晒不干的泪渍……直到某一天我在街上发现一窝蹒跚爬蹿、睁不开眼睛的小狗崽，才恍然大悟，那种奇怪的"痒"是一份急于承担、想要保护的本能。

　　于是，我决定养一只猫。

　　把猫接回家后的第一个星期，于我简直是个重大的灾难。对于一个有洁癖的人来说，有什么能比带回家一只长了跳蚤的有毛生物更具有毁灭意义？因为是别人家养的宠物猫下的崽，所以当我带它去做各种检疫的时候忽视了这一点，我花了一整天的时间把目力所及的织物用消毒水浸泡，用开水煮烫，用硫磺香皂把自己里三层外三层洗了无数遍，还是觉得浑身痒。我不让它进我的房间，当它向我靠近示好的时候，我厉声呵斥着令它逃开，虽然它在宠物医院接受了驱虫处理，我还是对它充满了深深的不信任。

我无法专心读书，因为总有一团碍眼的蓝色在余光里晃动；我睡不好觉，清晨六点它就开始叫。我感觉到我的生活被劫持了，我没有办法随心所欲地保护自己的节奏不受侵扰，我不断受到良心的牵扯，因为我压抑不住把它送人的念头。一周后我缴械投降，我承认自己不具备养猫的能力，我无法做到"养它就爱它一辈子"的高尚，我下定决心把它出让。我为它拍照，它不肯静止配合，我请室友抓牢它，它就挣扎着摆出扭曲的体态，决计不让镜头捕捉到易于俘获人心的萌态。室友说，它好像知道你要送它走一样。这句话，就像投进心里的一块海绵，在胸腔被血液浸满、膨胀，让人十分难受。

我想，再试试吧。

无法判断，我们是从哪一个动作开始和解的，是它无下限地翻肚皮卖萌，还是蹭头撒娇，或者是我纵容它跳上沙发继而试探性地把爪子放在我的腿上？记不清我是什么时候对它卸下心防，第一次抱它入怀；也无从知晓它是怎么学会在我闹钟响起之后才开始挠门轻叫的。它慢慢懂得分辨哪些是真雷池，哪些是可以小心跨越的伪禁区。它试探着偷上我的床，在我熟睡后学样把头靠在枕头上；偷喝杯子里的水，在我看稿时耍赖趴在稿纸上。

据说猫的"喵喵"声是专门用来跟人交流的，猫和猫之间几若未闻。而另一种说法是猫的叫声和所表达的含义是长期跟饲主相处的过程中，汰练出来的结果，具有唯一性。也就是说，只有你才能听懂你家猫的语言，因为那是它和你的秘密语言。

而动物学家似乎致力于消除猫奴对于猫主人的拟人幻想，总是把那些表达爱意的行为用一种冰冷的因果关系加以诠释，并危言耸听地告诉你，当你死了，你的猫会不假思索地吃掉你。

可无论动物学家说得多么掷地有声，我依然偏执地相信，我的猫听得懂我的话，不为别的，只因为那是我的猫。

它能听懂，过来，出去。它喜欢"来"多于"去"，它知道咬人是不对的，有时难免得意忘形，在听到夸张了的惨叫后，它会立马停下来，在咬过的地方舔一舔。

瓜瓜、妈妈、臭臭、燕燕、卷卷、婷婷、爸爸、菲菲、薇薇、狗狗、猪猪、虫虫、乖乖、哈哈、圆圆、圈圈、熊熊……只有念到"趴趴"的时候在睡梦中的它才会小尾巴摆动一下，它懂自己的名字！

不像狗奴才和狗主人，能建立起一种易于表演的关系。比如，把扔远的东西衔回来；比如，枪击和装死；比如，后退直立表演恭喜发财等等。猫和主人的默契常常具有一种私密性，它像一个娇羞的小女孩，非常矜持于在陌生人面前表现对于你的热衷和顺从。只

在我为它命名的那一刻,
到底是我豢养了它,还是它圈定了我?

有私下相处的时候，它才会即刻回应你的呼唤，施施然从房间的某一个角落蹿出，向你走来，用一种只有你才能听懂的、带有撒娇意味的叫声，与你互动。

对于身为猫奴才的我，难免有一些恶趣味，便常在观影的中途或者看书的间歇，突然唤它的名字。有时它在隔壁房间玩耍，立刻就朝我奔来，一跃跳上我的腿，发出咕噜咕噜的声响，据说那是十分开心的表示。有时它在阳台的沙发上小憩，对于我的呼唤也只是动动耳朵以示回应，可是我这个任性的奴才不满足于此，非得一直一直撩拨它，直到它无可奈何地从沙发上起立，发出一声类似叹息的声音，抖抖蜷缩累了的前腿，朝着我走来。喵，像是在说"又干吗啦"的不满。接着我拍拍一旁的座位，它便挪个窝儿继续浅睡。

我始终坚信我的猫能听懂我的话。有时跳上不许它去的禁区，我有些责备地叫它名字，它还嘴似的短哼一声，立马逃开去。有时归家的时间晚了一些，一开门它就会发出拖了好长好长的喵声，责问我去了哪里，为什么这么晚才回家。有时你跟它说话，它便一句一句回应你。

我说：你看你多幸福，一天吃了睡，睡了吃，也不用上班！

喵。

天冷的时候，我说：你真幸福，穿皮草。

Part 4

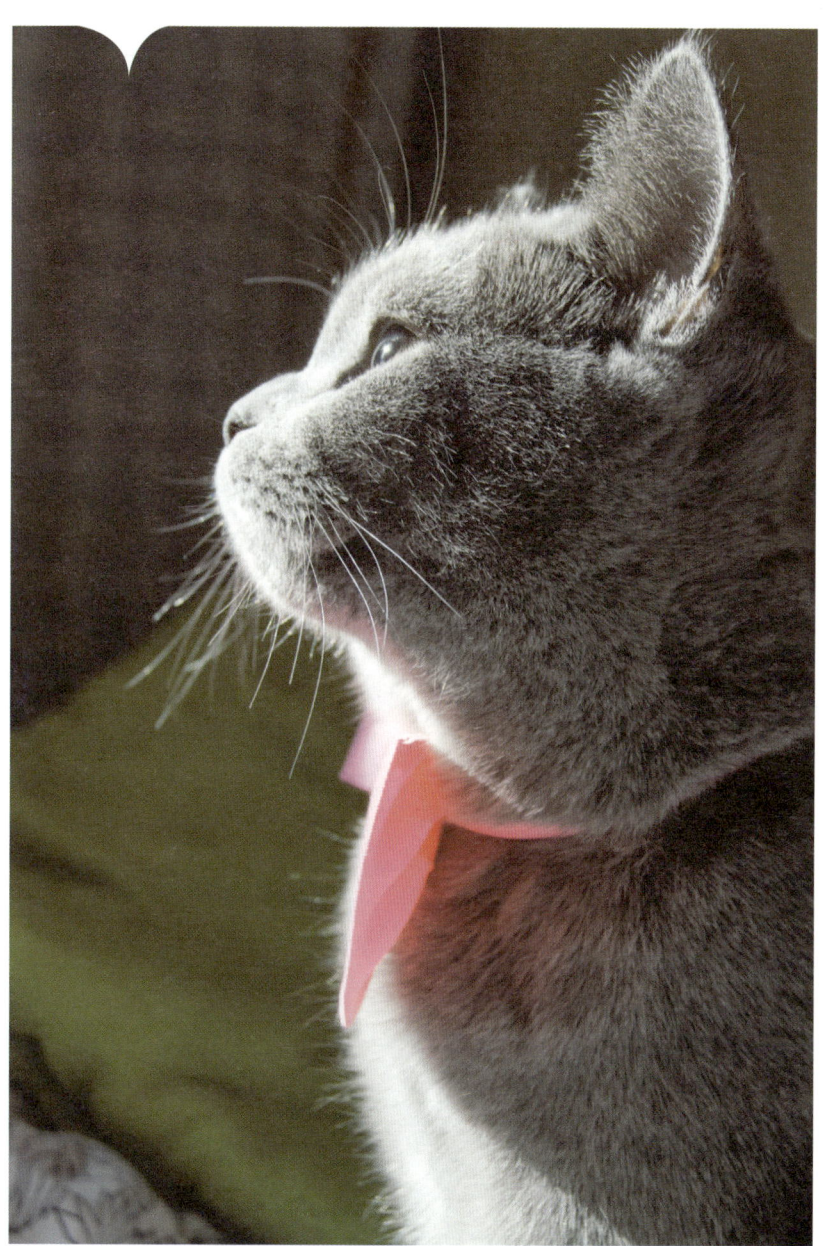

喵。

我时常十分陶醉地问它：你最爱的人是我对不对？

喵。

我和我的猫之间有一些不成文的规定，比如它只能睡铺了床罩的那一半，所以它会严格恪守楚汉边界。夏天将床罩扔作一团堆在床脚，它居然也只匍匐在那一团乱布之间，不会逾越。

它知道人类的厕所是它无法穿行的结界。所以我每次如厕或洗澡时，它就蹲守在门口的地垫儿上，一副担心的模样。

它小时候，我给它喂猫粮的时候不小心被咬到了手，痛得大叫。以后只要我放在手里投喂的食物，无论如何它是不肯直接下口的，非要用头一直蹭一直蹭表示完感谢，直到你把手里的食物放到地上，它才能安心享用。

有一次心血来潮用双肩包装了它去和朋友家的猫咪做朋友。结果它方寸大乱，一出背包就直钻沙发空儿，对好奇前来的猫发出威胁的嘶嘶恐吓。那是我第一次见到它嘶嘶叫，还一直以为它是英国猫，不会这种粗鲁的本能。朋友搬开沙发想抱它出来，它反口就咬，连我都有点害怕。而当看见是我，攻击的动作立即收住，舔一舔差点咬错的手。大概半年后，这位朋友来我家，一见面它还会嘶吼，记着仇。谁说猫的记忆只有一个月？

往年冬天，小区里的石碑上总是蜷缩着很多流浪猫，在寒风中瑟瑟发抖。我突发奇想抱了我的猫去看它的同类，并循循善诱：要不是我，你也跟它们一样，大冷天里挨饿挨冻。也不知它听懂了没有，只是一个劲儿把头往我怀里埋，好似一只特小号鸵鸟。

前天半夜，惊雷把梦打醒，我念着我的猫在客厅受到惊吓，放它进屋，一个一个闪电不断把房间擦亮，紧跟着震天响的雷鸣。我们都不可能睡着，我因为傍着它不再辗转，它由于偎着我，也不再每一声雷后乍起，我的手在它面前摊开，它放了毛茸柔软的前掌上来，彼此感到安慰。

我开始发觉有某种联结在我们之间日渐茁壮，每当我看着它，它也看着我的时候，我明白它不是一只猫，它是我的猫。

在我为它命名的那一刻，到底是我豢养了它，还是它圈定了我？

当我说我爱我的猫，却无法判断我的猫是不是也爱我，所以我不断从日常里辨别那些区别对待的部分。看，我的猫只应答我的呼唤，所以它爱我；看，我的猫不在乎我用脚蹭它的头，所以它爱我；看，我去别的房间小坐，我的猫也会尾随，所以它爱我。

当我说我想我的猫，却不知道我的猫是不是也想我，于是我好在意我离开的一段时间，它有没有饮食不思，有没有长立窗前等待一个相似的身影。于是我变成了不断在朋友面前秀照片，喋喋不休我的猫如何如何的人。

我曾以为我是一个内心坚硬的人，并以此为傲。却因想到有一天我的猫会离我而去，突然就在人群中落下眼泪。

所以，我想，也许有人不是因为喜欢小孩才生小孩。

他们，只是，想要一个属于自己的小孩。

我不是爱猫之人，我只是爱着我的猫。

希望岁月，忘了我爸

饭局过半，接到爸爸打来的电话，说最近忙，忘了给我打电话。其实他昨天、前天、大前天都给我打了电话，并说了同样的话。

这是一件我不敢深想，也不愿意深想的事：父母以肉眼可见的方式，在衰老。

我跟我爸的交谈不自觉地会带点嗲声嗲气。朋友说，一听你说话的语气就知道是在给你爸打电话。

我原本以为这是子女和父母的正常流露，直到某次听见高中同学接了她爸的电话，大概是她爸爸晋升成功予以通报，她说：是吗？那恭喜你了。我才惊讶地发现，原来有人跟父母的沟通可以是这般平等，带点朋友的意味。

我爸跟我的通话内容，无外乎：吃饭了吗？记得喝牛奶。工作要紧，也千万别亏待身体。钱是挣不完的。好像我爸也从来没有把我当成一个成年的个体，大概在我四岁，他跟我妈离婚之后，我们的相处模式便定格在了孩童时期。

落落有一篇文章写和爸爸在学校附近的公园的谈话，记不得来龙去脉，大概是因为测验成绩不佳，心情低落。我记得她爸爸说，不管世俗的标准怎么定义，但从小我就觉得你是一个与众不同的孩子。

我的爸爸不是能说出长篇大论的爸爸，也不会懂得如何安慰一个青春期因为各种缘由情绪低落的孩子，可是我的爸爸有一种溺爱的才华。

小时候的家是老格局的一室一厅，两房之间，有一扇带门梁的木门，爸爸不知从哪儿搞来一块木板，在两头开了孔，用麻绳穿起来，趁我妈下班之前，绑在门梁上做了个秋千给我荡。

爸爸烧得一手好菜，每次做鱼的头一天，把买回来的鱼拿水桶养着，用毛衣签子拴根细线，另一头用回形针做出一个鱼钩，教我在家垂钓。

有一阵我爸老出差，每次回来都悄悄藏好了礼物。然后用变魔术的手法呈现在我面前，一开始还是一个纸团从右边耳朵进，左边耳朵出的老把戏，接着变出一只长鼻小粉象，再是一头狮子模样的靠枕，最后还有一只红鼻头、长尾巴的怪物枕头。爸爸是创造惊喜的天才。我总是想，等我有小孩了，也要每天为他准备一颗不知名的糖果，让他的生活充满微小而确实的幸福，让每一天都值得期待。

爸爸从家里搬出去之后，在城郊住了一阵，后来托关系住到我家隔壁。每天早上一听见我关门，他便拿着茶杯，佯装偶遇似的送我去上学。在学校门口的小卖部，给我买好零食。有一阵特别流行奇多。我只舍得买 1.2 元的小包装，可爸爸总是坚持升级为 2.5 元一袋的超值装。

那阵子，我妈晚上赶着去跳舞，我爸摸清了时间，就赶着我妈前脚离开，他后脚就来敲门，陪着我讲上一两个睡前故事，等我睡着了，再偷摸回去。

今年过年去我爸家，老远就看见他在门口晃荡，等着接我。我开门、取行李、朝他笑了半天，他竟木着一张脸还在等什么，我喊了一声："爸。"他才喜笑颜开地跑过来，说："没看见你。"

他其实看见了，只是没认出来。也许，在我爸的心里，他的女儿还是不足 1.2 米，留着学生头，瘦瘦小小的样子。

我爸去广州待过几年，他会指着娱乐新闻里的鲜肉照片说，还没我当年帅，那时候别人都叫我靓仔。我不大记得我爸年轻的样子，只是经常在剪头发的时候，从镜子里惊觉他的模样。我跟我爸长得非常像，以至于高中的时候，他一位和我素未谋面的战友一进门就

人生如果是一个长镜头,
我希望它能在我爸爸身上停留得久一点。

认出我是谁谁谁的女儿。

前年三姨见过我爸一次,说他老得厉害。我倒没有深刻地觉察出他的老来,大概越是亲近的人,觉察越是笼统,缺少细处的观照,那皱纹、眼袋和头顶夹杂的白发,不知从何时而起,便像是从来都在。我爸乐观,从来也不觉得变老是一件糟糕的事,只在丢三落四找不到东西的时候,才拍拍脑袋,报以羞赧一笑:"老了,记忆力变差了。"

我好像从来没有挨过我爸的打,只是有一次不知道为什么事情跟他在电话里吵得十分厉害。听我阿姨说,挂了电话本来戒了烟的他又接连抽了好几支。记忆里,跟我爸的吵架最终都是以他举白旗收尾,他不会大人不计小人过那一套,他的自尊只铩羽在女儿这里,好像跟女儿道歉是最天经地义的事。以至于成年后很久我还保留着死不认错的脾气,好像全世界都会像我爸一样,不论我错得多离谱,都能被原谅。

我爸写得一手好字,笔锋很健。在我拥有手机之前,他大概都能保证两三周一次的频率给我写信。我竟然完全不记得书信的内容,只记得三折的信纸里总是藏着钞票,那大概才是我收到信最快乐的初衷。

有时候我记忆超群,我能记得两岁时被幼稚园的大孩子欺负;记得某次去动物园突然下起暴雨,我在园区的挡雨棚下吃了一串炸螃蟹,皮鞋被雨水浸透十分难受;记得某个午睡后被邻床的小孩穿错了秋裤；记得儿童节舞蹈表演时黏在我裙子上的一颗小小的亮片；记得我用放大镜烫伤过的一只蚂蚁；记得从小到大每一位老师的模样；记得大部分幼稚园小朋友的名字；记得谁忘了还给我一支铅笔。而我穷极记忆，却只能勉强拼凑出一些和爸爸的日常。毕竟，统共加起来也不过三五年。

2007年我去广州过年，参加爸爸单位的年会，抽了那么多轮奖都没抽到我爸的名字。我打趣他说："大概运气不佳这件事是遗传，从小到大我玩过各种形式的乐透，连一个脸盆都没中过。"我爸连忙否认："不会不会，你的运气会很好。"当下我暗自发愿，长大后要将这些年错过的好运气一个一个补给他。

可是我时常忘记父母会变老这件事，就像我忘记自己已经长大好久好久，便以为还有足够长的时间可以对他们好，更好，最好。

不记得是几岁的事了，那年爸爸被派到外地出差，错过了春节。他们公司在成都的跨年晚会上，妈妈和一群叔叔阿姨指着一个黑色长方形的机器对我说，爸爸在里面，跟爸爸说新年好。我看了好久都没弄明白我那顶天立地的爸爸是怎么藏在这么小的盒子里，于是目不转睛地看了好久，看得好深，看我几千公里以外，二十多年前的爸爸，是那么意气风发。

人生如果是一个长镜头，我希望它能在我爸爸身上停留得久一点，再久一点。最好永不落幕。

荣休结业，有缘再见

年前去越南，在澳门转机。赌博无门，便打算去老城区里走走，这里葡国风味浓厚，建筑带有明显的殖民痕迹，中西式建筑交相辉映，漫步其中，有种走进了历史的感觉。澳门属于丘陵地带，少不了爬坡上坎，倒也比走在平地坦途上多了一分情趣。

我们东逛西逛，路过一家紧闭大门的店，绿色卷帘门上贴着一张字条，上面是两行繁体字：荣休结业，有缘再见。

只觉得这句话饶有意思，明明意指结束，却丝毫没有遗憾的况味。

都说叫车最怕遇上女司机，的哥也怕碰见女顾客，大概女性缺乏方向感，习惯于凭借具体的形象思维做出判断，所以当处于错综复杂的街道时，女性常会以某些店铺作为坐标。从前还不以为然，

毕竟店铺招牌那么大，定位也能更准确。不过现在发现不适用了，因为整个城市日新月异，老字号也可能随时就关门大吉。

有一次一位学设计的朋友从英国回来，说带我去一家设计师品牌的咖啡馆，极力称赞他们家的咖啡好喝、店铺装潢有趣。于是我们迅速在地图上找到了这家店，欣然前往。到了后却左找右找也寻不着，导航显示我们已经站到了它门口，可是面前明明只有新东方的招牌。不甘心地翻看点评 App，看见几天前还有人在拍照留言，就连园区的保安，也一脸疑惑地说："不就在那里吗？"结果我俩就这么面面相觑地站在一片虚无面前，好似上演了一出陈凯歌的《百花深处》。热心肠的保安小伙儿还专门替我们打电话去园区管理处询问，然后抱歉地告诉我们说，关门了，就在上个礼拜。

这样的事近年来频繁发生：跟老朋友约去读书时最喜欢的咖啡厅，发现已经被连锁品牌代替；高中最爱吃的早餐店，做健康油条的夫妻店也失去了踪影，取而代之的是精致装潢的"××大王"；最夸张的是大学时去苏州玩，我和朋友按图索骥去"拜访"唐伯虎故居，结果在一片废墟中打转，看起来像是居委会的大妈路过，警惕地盘问我们找什么，我们问这里是唐伯虎故居吗，她说是，我们诧异地说，可是这里什么也没有呀，她却神色如常地回答，拆了啊，要重建一个新的，不过项目还没通过，在筹备呢。

城市逐渐长得越来越像，周云蓬在《绿皮火车》里说"兰州你可以叫它广州，也可以叫它福州，还可以叫它郑州"，城市如同人造美女一般，剥削掉形色各异的样貌，去迎合主流审美对于现代生活的期许。每到一座城市,来接机的朋友都会解释说,正在修地铁,最近比较堵,今天的不便是为了明天的方便。我们都麻木了,只知道现在的城市一直在加速前行,恨不得长出翅膀来。

我们毫不吝啬地搬迁、拆毁、重建,好像城市容不下破旧衰败的景象。我们急于消弭历史的痕迹,忘掉贫瘠的过去,让别人也让我们自己相信,我们的生活从来便是这般富丽堂皇。大到文化古迹,小到惠民小店,正在无声无息地火速离场。北京的胡同、上海的里弄、成都的巷子,那都是老百姓一箪食、一瓢饮的隐秘生活。曾在豆瓣上看到一位影迷在《十分钟年华老去》里陈凯歌导演的《百花深处》作品下写的影评,说这些隐秘"都在现代文明的进程里被迅速地推倒,轻率地摧毁,日后再笨拙地重建,低劣地复古,于是新城出现,旧城消失,历史被断绝"。在知乎"逃离北上广"的词条下,看到有人写:我们以为逃离了北京、上海、广州,还有故乡可以回,却不曾想,故乡早不是记忆中的故乡,而正在变成另一个北京、上海和广州。

想起年初去日本,随意走进的一家不足十平方米的小店,都有可能是百年老店,老板是几代传人,大厨是师从祖辈,最简单朴实的一碗拉面,配方和手艺都有可能是世代传承的,喂饱过街坊邻里几代人。让人感叹,在国际化的大潮流大背景下,这里竟然还能保留着温情脉脉的匠人之心。

时代的车轮滚滚,我断然不是螳臂当车之人,我只是希望,城市的变迁能慢一点再慢一点,等一等那些追不上潮流的人,毕竟,不是每个人都能走得那样匆忙,那么迷离。

哪一种爱情，不是摸着石头过河

Part 5

女性，收起你的圣母心

一位博友说她最近总想到两句电影台词。一是《色戒》里，王佳芝对易先生说："你一走就是好几天，我只能困在这里等你，打麻将又老是输，我辛辛苦苦跑单帮挣的钱都快输光了。"另一是《苦月亮》里，咪咪对奥斯卡说"我可以给你我的余生"，奥斯卡说："我不想要你的余生，我只想要我自己的。"

每想起来都觉得爱情好惨啊，太惨了。

正巧最近在看胡因梦，这个被称为是上世纪末"台湾第一美人"的传奇女性，曾经和台湾名作家李敖有过一场短暂的婚姻，在三十五岁时就隐退演艺圈，埋头书斋。如今的胡因梦，专心从事翻译和写作，出版了大量探索心灵的书籍，而她关注的议题大多与两性有关。在近三十年的身心探索过程中，胡因梦说自己接触、了解甚至跟踪了形形色色的咨询对象，男女都有，但有个一成不变的规律是：男性大多来向她咨询有关"自我"和"创造"的困惑——本能的积累；而女性关注的几乎都是"情感"和"连结"的焦虑——母性的外延。

所以爱情不是惨，是生理和心理机能的不平衡对峙。不是不平等，只是不平衡，毕竟女性中"圣母心"的比例要高得多。

也不仅仅是本能，整个社会都在不断加强和灌输给我们这样的道理："像个男人一样"，"女孩该有女孩样儿"。询问身边的男性同一个问题：当负面情绪出现了你会怎么做？大部分的答案总结起来无非就是"冷处理"，无论是十六岁还是五十六岁的男性，都极其擅长凭借"应有的意志力"把情绪压抑下来，如此造就了大多数男性冷漠、封闭和理性的特质。而女性的做法完全相反，她们基本会顺着自己敏感、多愁善感的气质，通过示弱和哭啼的方式宣泄，并且力所能及地寻求沟通。那句话怎么说来着，女人往往是通过言语来拉近距离，谈情说爱对女人来说是天经地义，作为感性动物的女性，情是可以通过说来建立的，并且这也是她终其一生想要完成的命题。但如此关于爱的幻想在大多数男性那里，并不是唯一，尤其是东方式的传统思维里，"依赖情感"几乎就等同于"依赖女性"，而这与这个社会所教导的"男子气概"是相悖论的。东方几乎不存在"永恒的女性"一说，恋爱小说也因此甚少会被划入经典文学范畴。

无独有偶，前段时间首饰品牌"I Do 纪念日系列"广告片在朋友圈里被刷爆，倒不是说宣传片拍得不美，相反在镜头、色调和故事、情怀方面做得可圈可点，朋友们争执的是它传达的核心价值观，太让人膈应了。三段三个年龄层的故事表演，都在表明"我们的爱值得纪念是因为妻子燃烧了自己成全了丈夫"这样道德绑架式的观念。尤其是其中《梦想篇》，还穿着制服的男学生问女学生的梦想是什么，不容女孩张嘴，他已经在脑里勾勒出自己在投行中打拼的人生，而眼前的女孩，恰巧都在他构想的未来里，站在他的身后帮助他打拼事业和料理家事。等男孩滔滔不绝地讲完以后，才想起一直没说话的女孩，问她道："你的呢？"女孩年轻的面容上尽是光彩，她扬扬头说："我想成为舞蹈家。"然后音乐起，广告字幕浮上：她，牺牲了自己的梦想，来成就你的梦想。我不是女权主义者，但也在看到这则广告时脱口质疑道："所以这才要买个戒指来弥补她牺牲梦想的缺憾？"

生活在这样的观念输出放在过去也许可行，因为处于资本原始积累的阶段里，确实需要男性思维的方式来主导：个体生命的重点放在外在成就的建立上，从而调动自我的创造力。但是进入到平权资讯时代的当下，这样的价值观和方式是否还适用呢？

生活在这个时代很辛苦，过去探索了很久才被当成是"常识"的方式也不见得适用了，新的有关内在问题的探索和困扰，层出不穷。世界好像是刚经历了一场绝对武力和激烈争夺之后的战场，生死存亡的危机被解决了，家园基础已经建立，可如果要将未来往更美好、完善的精神家园引导，我们应该怎么做？

为什么说当下是一个阴性时代——也许这里的"阴"不过是比起过去的"阳"而做的相对化概念，谁说解决了外在"大"危机以后就能一劳永逸了，你把内在"小"危机置于何处？电影是最能反映大众的艺术产物，看看近十几年来的电影，"心理分析师"一职已经代替了老电影里"将军""首领"的身份。

看过身边太多女性为了爱要死要活的例子了，而大部分男性则相对可以做到对待感情迅速"断舍离"——他们被教化成就该如此，就好像一旦被提及"事业成功女性"这样的标签时，人们总是下意识地同情她情感和所谓的命运不顺；相反，一个还没有完全建立起自我和事业的男性，哪怕到了四十岁仍然未婚，社会也有理由相信和不担忧他的未来家庭。对此，胡因梦也是带着试探的口吻在提建议：也许两性应该重新思考一下"本能"和"教养"的问题——关注"自我"和"创建"的男性，以及关注"情感"和"连结"的女性，能否都稍稍从自己的世界里出来一下，在一定程度上向对立面过渡一下，这样一来世上也许会因此少了不少无能为力的"水逆"。

写到这里，突然想起我一位直男朋友在看了戒指广告以后说的话，特别难能可贵，他感叹道，跟"做舞蹈家"的梦想比起来，"跻身投行"真是一件说出来会脸红的事啊。"再说了，就不能大家各奋斗各的，晚上坐一块儿吃顿火锅鼓励彼此越挫越勇吗？"

绝情，是分手最大的善意

1

茹茹回来时，哭得眼睛都肿了，眼线液和睫毛膏胡乱地黏在脸上，样子看起来狼狈极了。

今天是茹茹和她新男友确定关系后的第一次正式约会，出门时她还反复在镜前换了三套衣服，化着精致妆容的她转过头来频频问我说，你觉得哪套更好看。可眼前这个妆容花到与几个小时前判若两人的女人，怎么看都不像是刚约会完的样子。

茹茹一进门扔了包就冲过来搂住我，我心急，立刻问她怎么了，是他欺负你了吗？茹茹摇头，依旧哭得撕心裂肺，缓了好久才支支吾吾地告诉我说，他对我很好，可是我在他走以后去找了 Q。

Q 是茹茹交往了三年的前男友，分分合合无数次，最近一次分手持续了半年，Q 却依然以朋友的姿态活跃在茹茹的生活里。直到今天偶然撞见跟现任男友约会的茹茹。

2

茹茹是这样的女孩子，外形姣好，天真善良，从她脸上看不出年纪，始终带着少女的娇憨，让人看着就想宠，我曾经开玩笑说过一句话，好想把茹茹当成猫猫狗狗一样养在家里。而被茹茹吸引的男生，大概总会在告白时说出"让我照顾你吧"的话来。茹茹是我们身边大多数可爱又被宠惯了的任性女孩应该有的样子。

半年前茹茹和交往了两年的 Q 突然分手，理由是"不合适"。而究竟是怎么不合适，茹茹却总是语焉不详。两人在微信里匆匆结束了这段感情。分手后茹茹时不时还会去 Q 的工作室拿东西，两人因为工作的原因也常常在各种社交场合遇见，刚分手的一两个月，两人依旧宛若情侣一般出双入对。大家去茹茹家做饭，找不到的调料、未开封的红酒、各种厨房用具都得打电话去问 Q。就连茹茹工作上遇到不如意的事，也还是会跟 Q 倾诉，寻求安慰。"分手之后还是朋友嘛。"茹茹颇为得意地这么解释她跟 Q 的关系。

严歌苓的小说里面有这么一段话：

> 告别时我们还企图装着没事。到底是文明时代，幻灭也要礼貌周全、不动声色。

3

最后一次分手是茹茹提出的,她受够了两个人因为个性不合引起的争吵。"他很好,只是不合适。"这是茹茹为这段感情下的注脚,并在分手三个月后,积极地去拓展新的关系。一个礼拜前,她终于接受了另一位男性朋友的告白,对方是跟 Q 完全不同的类型,更成熟、稳重、体贴。茹茹被照顾得很好。

约会被撞见的时候,新男友正好起身替茹茹披上外套,Q 冷冷地看了茹茹一眼,不待茹茹做出反应便转身离开,茹茹有些不知所措。

"你们不是分手了吗?各自交往新的对象也很正常吧?"

茹茹抽泣的动作慢了一拍,却依旧不肯把头抬起来:"知道是知道,可看着他走在前面替我开路和点菜时,我总是会不小心想到 Q,而当我差点摔倒,他伸手扶我的时候,我却想起每次过马路,Q 总会换到车来的一侧,牵住我的手。

"我突然觉得哪里不对,我开始自责和疑惑,我止不住地想要在这一刻去求证和结束一些东西,于是在他送我回家以后我假装上楼了,其实我悄悄躲在楼梯间,等着他离开以后就跑出来,打了车去找 Q。"

而 Q 像是早有预感似的,打包好了茹茹留下来的东西,上前抱抱一直哭泣的茹茹,摸摸她的头,说:"这次我们必须真正告别了。"

返程的出租上，茹茹还想跟 Q 说些什么，却发现"对方开启了朋友验证"。

"他为什么那么绝情！"茹茹睁着梨花带雨的大眼睛问。

"可是你们已经分手了。"我耐心地重复这个事实。

"可是分手了也可以做朋友啊！"

"他也是这么想的吗？"我反诘。

茹茹突然答不上话来。

茹茹的分手想必是经过深思熟虑做出的决定，但她不愿意或者没有勇气斩断与 Q 的联系，说不好这里面感情的成分占多少，毕竟是曾经真心爱过的人，而更多的是，茹茹私心地把 Q 当成一个"退可守"的港口，以朋友的身份，继续享受 Q 的担待和看顾。

新世相推送过的一篇文章《真正勇敢和道德的离别方式，是被你离开的人所恨》是这么拆解分手的正确姿势：

> 分手，只有一种技艺，或者说只有一种正确的技艺，那就是把分手宣言简单粗暴地传达给对方。不要做任何事来拖延，更不要误以为你试着延长对方良好错觉的纠缠是一件善举。

在任何状态下，一个从恋爱中转身离去的人都应该消灭自己的痕迹。即使那看起来是对方最痛恨的方式，但你也应该，让他们不再认为你是好的，帮他们戒除幻想和依存，帮他们尽早明白你真正的样子。

4

这大概是恋爱中，大部分人不愿意坦承的私心：即便自己大步向前了，却希望对方还在原地徘徊；我们试图用一种伪装的善举，延续被爱的姿态，并说服自己，这是对爱过之人的温情和善意；我们希望自己分手也能举止漂亮，留下一个无限美好的背影，以供对方日后凭吊。

"分手后还能做朋友"大概是关于爱情最大的谎话，就像我的好朋友夏奈说的："真正喜欢过的人没办法做朋友，毕竟再看一眼，也还是想拥有。"

聚散有定时，那些有你的曾经，我独自收藏。

尔后，此去经年，不如不见。

我的输入法还没有忘记你

我又要迟到了。

群里已经炸开了锅,说晚到的罚酒,于是群里立刻被坐标刷屏,纷纷表示"在路上啦"。奇奇突然来了一句:"我在陆然啦。"群里一片尴尬。

陆然是奇奇的前男友,他们半年前不太和平地分了手,奇奇的个性爱憎分明且不留余地,所以分开的当下立即删掉了陆然所有的联系方式和跟陆然有关的朋友圈,以誓死不回头的姿态向全世界宣布:我们结束了。周围贴心好友都小心应对着,不再提及跟陆然有关的一切,好像他从来没有出现并跟这个圈子有所交集过。陆然从奇奇的世界彻底消失了,奇奇说这是一种仪式感,她的硬盘需要格式化。

我们挨个儿在群里回复了省略号后，奇奇这才反应过来，不过她没有一如往常地咋咋呼呼，而是平静又认命似的回了一句话：输入法什么时候才能忘记一个人？

奇奇本科是念编剧专业的，记得那时候她老把生活和剧本创作混为一谈，她说其实看一个故事有没有价值，关键就是看创作者有没有找到适宜的阻力，比如在爱情类型片里，有一个巨大的阻力叫做"失忆"。

"不仅仅是韩剧里惯用的俗套剧情，因为车祸等外伤导致的失忆，人性从来都是健忘的，再亲密的关系，也有可能会随着时间的流逝而变得黯淡，你会开始忘记当初那些怦然心动的瞬间，忘记那些历史性的时刻，忘记各种纪念日，忘记对方的承诺，也忘了要记得当初为什么要在一起。时间让人死，故事却让人活。"奇奇讲起当初马航失事时微博还有倒数计时，"今天是马航失事的第一天，愿平安"——虽然她也不明白这样做有什么实际意义，最终也无非是渐渐淡出人们的视野，再次提起时竟也恍如隔世了。

我们一起看安东尼奥尼的《夜》，奇奇看完大哭了一场。已经不再年轻的莫罗穿着小黑裙坐在草地上念出最美情书，马斯楚安尼认真听完后说写得真好，并问这是谁写的。莫罗心如死灰，淡漠地回答说，你。昔日的爱语只能复述，不能重来，奇奇说这才是好的"失忆"，爱情中最无形也最可怕的阻力。

然而如今的都市男女们却生怕会记得，恨不得把曾经拥有过的一切"物是"都丢弃，才能坦然面对今天的"人非"。

克罗地亚有一家失恋博物馆，源自于创始人因为一场失恋而想处理情感"遗产"时的突发奇想。博物馆内藏有情书、订婚戒指、小轮摩托车、玩偶甚至恋情过后留下的空酒瓶，每件展品旁边都有捐赠者写下的说明文字来解释物件的来源和意义。这其实也是一种疗伤方式，故事往往通过被多次叙述就能达到消释，比起《夜》中因为"失忆"而奋力拥吻彼此寻找爱情痕迹的夫妻来说，不知道算不算悲哀的另一种形式。

奇奇有点较真，她反复询问我们是不是卸载掉手机输入法，再重新安装就会避免"陆然"的自由联想了，我们答不上来。于是她又上网去搜索，不知是哭还是笑地翻给我们看说，原来还有好多人问过相关问题，看来不是只有她自己有这个烦恼。

看着奇奇执拗地一步步卸载、关机、开机、换输入法、再试验，我们都明白，她之所以还这么在意，不过是因为陆然还未能真正意义上从她心里被删掉。事实上她的每一次刻意忘记，不过是在一次次提醒她"记得"这件事。

"你越是强迫自己忘记，反而记得越清楚。"我拿走她的手机，忍不住对她说。她下意识想要辩解，却在开口的瞬间失声痛哭起来。她哭着说，你们太讨厌了，我真的以为我已经彻底忘记他可以重新开始了，我已经用了半年的时间来振作了，我怎么这么没用？

我也想知道这世上有没有能彻底忘记一个人的办法，除了失忆、催眠或者一些听起来像巫术一样的滑稽方法。也许人们真正渴望的遗忘其实是释怀，是就算想起这个人、那些事，也不再带着痛苦的迷恋。奇奇学写剧本时看了很多心理学的书，在提到"失恋处方"时也能自觉说出"唯有时间和新欢能奏效"这样的大道理来，正如那句被膜拜已久的台词：听了很多道理，却依然过不好一生。

我跟奇奇都很喜欢的另一部电影，金·凯瑞和凯特·温斯莱特主演的《美丽心灵的永恒阳光》，两人饰演一对情侣吵架分手，两者都受不了争吵的痛苦，于是分别去"忘情诊所"消除这段恋爱的相关记忆，但在记忆消除的过程中，男主角在自己的记忆中游走时，才察觉自己对女朋友的不舍，后悔莫及……人总是要等到想要忘记时，才恋恋不舍起对方的好来。

而最具宿命感的却是影片的结局："忘情诊所"里的医生和护士，在执行消除程序的过程中，酒后乱性了。事后护士满怀内疚地赶去向医生的太太忏悔，太太坐在车上，眼眶含泪，悲伤又不失宽厚地说："没关系，你们本来就有过一段。"

也许有一天，输入法可以更加智能化联想，记忆消除的黑科技也不再只是纸上谈兵，但是注定会相爱的，无论刻意忘却多少次，再次相遇时，还是会爱上。

有趣的是，当我点开豆瓣上对《美丽心灵的永恒阳光》的评价时，发现自己在六年前的标记是"竟然是和他一起看完这部电影

的",可是我冥思苦想了整整一天,却也不知道这个"他"指的是谁。

时间真的会让人死,可时间有时候也让人活。

谈了好久的恋爱突然就分手了

最近听到的分手消息比较多。

一年多没见的兔子,突然跑来找我,顶着她新剪的刘海,看起来更像高中生了。我们以前是同事,每天结伴去吃饭和买咖啡,还在去外地出差时睡到过一张床上。再后来相继跳槽,就渐渐断了密切的联系,但朋友圈的互动还是一直保持着。她来找我说的第一句话是:"对不起啊,我半年前就说你一定要来我们新家露台烧烤,可一直迟迟没能发出正式邀请的原因是……我跟他离婚了,我从新房里搬了出来。"

我见过她前夫,跟她一样白净又小巧,两人站在一起跟一对学生恋人似的,特别可爱。那是我们出差坐飞机回来的晚上,明明说了司机会来接我们,但她前夫还是穿城跑了来,结果我们飞机又晚点，折腾到凌晨三点才走出机场。出来的那一刻，他几乎是跳跃着冲过来抱住她的，两人因为刚结婚就分开半个多月，着实在机场小腻歪了一阵。再后来，我从共同的朋友那里听来他们的故事，从相知、相熟到相爱，漫长的五个年头，中间还穿插着略微狗血的前女友事件，总之是二人辛苦修炼才换来的结果。可没想到的是，后来的故事竟然只讲了不到一年就结束了，这难免让人错愕。

"会不会是有什么误会？有没有想过冷静一下再谈谈呢？"我有些尴尬地接过话来关切地问道。兔子摇摇头，回答说："放弃一个人从来就不是一瞬间的事，没有谁会因为一时冲动而离开。外人看的都是热闹，当初那么喜欢，现在这么释然，可能只有自己才明白，日子毕竟不能就这么将就下去吧。"

我头一次看见露出如此苦笑表情的兔子，我以前总认为她是我所认识的朋友里最没心没肺的一个。她不愿意多说这段已经结束的婚姻，只是一点也不后悔自己做的决定。兔子最后给了我一个大大的微笑，像以前我们总偷着跑出去买草莓大福再一起分享时的那种笑。她说："你还是要来我家露天烧烤的啊，我会努力挣钱给自己买一个有大阳台的房子的，到时候你再来！"

就在兔子跟我说了这件事后不多久，大学歌迷群里认识的朋友，也突然匆匆从上海辞职跑了回来，她说她坚持不下去了，于是和相恋七年的男友分了手。对于她的这个选择，我其实不太惊讶，因为这两人在七年当中有六年是异地恋，我一直很佩服他俩的坚守，但也没想到会在这最后一年，她为他去到上海工作的这一年里，做了最后的告别。

类似的信息最近接收得太多了，就在这两三个月内，整个城市里似乎都弥漫着这种失恋的味道，连着好几天雾霾，看不到一点灿烂的影子，还没上暖气，处处裹着阴冷懒散的劲儿，很丧。

大概是因为深秋到来的原因，象征着年轻和热情的夏天已经走远，刺骨寒冷的冬天即将来临，秋天总带着一种宜人却又不可避免的忧郁之情，于是好多可惜可憾的事就这样发生了，就像是集体感染了"秋天分手"症候群。

我们这个年纪的人，大多数经营的也不再是激情短暂的恋爱关系，起码都是三年起跳的，不过也正是因此才让人更加难过，就好像跑马拉松，陪着你跑的人突然消失了，终点站着的却是另一人。

刚刚刷微博，竟然发现不止我的朋友圈，好像整个世界都在谈论这样的事情，"谈了好久的恋爱突然就分手了"成了热搜话题。我好奇点开来看，发现来自世界范围内的痴男怨女们都在分享类似的感受，有一些话直戳戳地横在那里，看得人唏嘘不已。

> 你明白这一辈子
> 都跟他不会再有可能了
> 却还是担心他过不好这一生
> 不仅失去了恋人

也失去了最好的朋友

纵然是我提分手

但如同斩断我的左右手

再也没有力气去付出真心

青春不再

而我最终没有嫁给爱情

后来很难喜欢别人

你不想花时间也不想去了解

就好比你一篇作文快写完了

老师说你字迹潦草让你重写

你记得开头和内容但你也懒得写了

因为一篇文章花光了你所有精力

只差一个结尾

你却要从头来过

……

  总有那么一个人，你从没想过会和他变得如此陌生，但是走着走着就各奔东西了，你不知道为什么，也说不上到底哪里错了，只是不会再有任何期待，大概就是他欠你一句"对不起"，你忍了一句"没关系"。而一切也很难再从头来过，哪怕还有感情，还会动容，可是不能回头。因为怕有些事情会再次发生，好不容易才站起来的人，害怕因此而再摔一跤了。

但愿过了这个秋天，等情绪散去以后，又会有新的人和事出现、发生。就像电影《和莎莫的500天》里一样，失去了莎莫（Summer），又会在合适的时间里，遇见奥特姆（Autumn）。

两个男人，一只猫

司徒和小海是一对恋人，他们俩是我的好朋友。我最先认识司徒，那时候我是出版社的小编辑，而他是初出茅庐的小作者，第一次见面在出版社的会客室，等主编的时间里，我们俩大眼瞪小眼，笑得特尴尬。后来司徒喝醉了最爱说一句话：我们不一样了，我们都长大了，你不是小编辑，而我也不是小作者了。司徒的书，改编成了电影、舞台剧，在三里屯的巨型广告牌上偶尔会看到他人模人样的鬼样子。

有一次司徒在朋友圈鬼吼：失恋了，谁陪我买醉。我赶紧给他发信息，约了下一周见面。酒过半巡他突然特别天真地问我，怎么想起来约他吃饭。我头顶一个黑人问号特别无语地说："你不是失恋了吗？我来安慰你啊。"司徒狡黠一笑："我们又和好了。"

这个"我们"说的就是他和小海。小海是南方人，在北京念艺术管理，平时在"798"的画廊兼职，司徒帮时尚圈的前辈买画的时候，遇见了小海，对于如何选画小海给了很多专业的建议，从艺术家生平讲到了艺术流派，从创作手法到表现意图，大概讲完了半部艺术史。司徒却一点不觉枯燥，他说小海谈起艺术时，眼睛闪闪发亮。

北京人总爱把男朋友女朋友统称为朋友。所以一开始听司徒说"我朋友"的时候，我总分不清他和小海到底是哪种形式的朋友。可恋爱的眼神是藏不住的。司徒看小海的眼神，和小海看画的眼神一样，闪闪发亮。司徒相机捕捉到的小海，能听得到青山鸟鸣，能闻到夏日草香。再看偶尔同框的我，不是翻白眼，就是笑到露出牙龈，我不得不相信司徒一定是选择性失明了。

一年后，小海选择出国深造，我和司徒去机场送他，那阵子接连下了好几场雨，送行那天天阴得瘆人，好像随时都会暴雨如注。司徒戴着那副宽边的雷朋，看起来潇洒帅气，小海变得小小的，映在两片墨镜上，笑着挥手道别。我为司徒感到难过，心疼他阴天还要戴墨镜装酷，心疼他墨镜下的眼睛一定又红又肿。司徒从后视镜瞥了我一眼，问："干吗？"

"想哭就哭吧，别憋着。"

他反手盖在我头上骂了一句"十三点"，狂踩一脚油门："我才不想哭呢。"说不清那天的司徒是真潇洒还是伪坚强。半年后他

家原来不需要血脉纽带,甚至跨越了性别、国界。就像司徒曾经说过的:有你的地方便是家。

把签证拍在我面前，宣布要去美国念 MFA，让我空了去美国看他们，给我报销单程机票。

每隔一段时间，我便会收到两人联名寄来的明信片。字体娟秀严谨的是小海，内容多是关于沿途美景的侧写；字迹张狂随性的是司徒，往往写两句中文就换成英语缩写或涂鸦笑脸，每每看得我哭笑不得。再后来，他们的 Ins 上开始频繁出现一只灰白色美国短毛猫的身影。司徒骄傲地告诉我说："我们养了一只猫，英文名叫 Seattle，中文名叫司徒海。"听到这个消息，我笑了好久，这种饱含幽默的深情大概是他俩最独特的才情。

Seattle 原本是一只流浪猫，只有三个多月大，健康状况不太好，他们带它去看病驱虫，还到处替它贴告示找主人，但是找了一个多月也没有结果，小海说要不就留在家吧，已经习惯你不在家的时候它陪着我了。

小海说 Seattle 是一只很聪明的猫，很快就学会辨认食盆和使用猫砂；司徒却说司徒海是一只像狗一样的猫，因为它完全不高冷还特别喜欢埋伏偷袭人。小海说 Seattle 是一只黏人的猫，总是安心地爬上膝头发出咕噜咕噜的满足声；司徒则说司徒海太贪吃了，偷吃了他的芝士布丁，还把家里人寄来的蛋黄月饼藏在床下。

昨天是 Seattle 一周岁的生日，司徒和小海给它过了一个生日，他们给它戴上漂亮的生日挂链，还给它准备了猫罐头蛋糕。Seattle 高兴坏了，咕噜咕噜了一整晚，开心地在地上打滚儿，把毛绒绒的小肥肚子翻出来给两人摸,司徒立即把 Seattle 这副"狗样"拍下发给我看。

有时候,我在想,到底什么是家呢?看着这两个可爱的男人和一只猫的日常,发现家原来不需要血脉纽带,甚至跨越了性别、国界。就像司徒曾经说过的:有你的地方便是家。

写到这里,我又分心地刷了一下 Ins,点进司徒的主页,一张他抓拍的小海的背影,配了一行很"司徒式"的文字:又到了我有很多理由去拥抱你的季节了。

西雅图的冬天应该已经来了,但我一点也不担心这两个男人和那只叫 Seattle 也叫司徒海的猫,他们大概要一起过一个暖到爆炸的冬天吧。

被辜负的总会被偿还

我的好朋友晗说：这个世界总是能量守恒，你在一处得不到回报，会在另一个地方被偿还。

小象是朋友中出了名的傻姑娘。"你看过《东京爱情故事》吗？你很像里面的莉香，但你只像到了她倔拙的一面。"我曾经毒舌地对她做出如此评价。那阵子连续几个月的周末，她都未曾休息过，一有空就跑去男友工作室帮忙，几乎从来不做家务的小象在那个新开的工作室里搬椅子倒茶，像个老妈子一样忙上忙下，但最后人家工作室团建聚餐还把她给落下了，她也只好笑笑说，喔，没关系，你们去吧，我正好晚上要回家赶稿。

小象突发肠胃炎进医院，男友因为忙着赶提案设计，只发来了微信问候；圣诞节小象在工作室等他们开会到十点半，错过了提前一个月才排上预订号的晚餐,最后饿着肚子去看了夜场电影,小象还美滋滋地称为浪漫;计划了很久的旅行,也因为男友突发的工作,一次次被延误直至取消;小象搬家,婉拒了所有人的好意,信誓旦旦地告诉我们说男朋友会来,哪知到了搬家那天,男朋友因为通宵赶稿睡过了头,最后小象只能自己叫了搬家公司……

"他只是太有事业心。"小象这么对所有人解释。

恋爱中,的确有人属于粗线条型人,缺乏浪漫,对于另一半的情感需求较为迟钝,所以恋爱导师们才屡屡规劝女孩们要敢于具象明确地提出自己的需求。而那些在爱情里执迷不悔的人往往选择将伴侣的忽视,归因于他们"不太开窍"、比较"笨拙",以避免承认"他其实没有那么喜欢我"的毁灭性打击。

有朋友旁敲侧击:"怎么感觉恋爱中的小象,跟我们单身狗没有两样呢?"小象却貌似通透地拽出不知从哪里看来的至理名言:"亲密关系里最好的心态是,我的一切付出都是一场心甘情愿,我对此绝口不提。你若投桃报李,我会十分感激;你若无动于衷,我也不灰心丧气。直到有一天,我不愿再这般爱你,那就让我们一别两宽,两生欢喜。"正能量到让人心疼。

而一段长长久久的感情总是势均力敌的。一个人不可能永远牺牲自我地以另一个人为中心,没有一段感情是不需要回应的,即便是自说自话的独角戏,也需要零星的掌声,让她知道,自己是被欣赏的。因而即便是小象这样的傻姑娘,也终将在一次次的失望中耗尽乐观的天性。小象爸爸的五十大寿，小象原本打算隆重地将男友介绍给父母认识，反复提醒确认了好多次，确保他能将那一天空出来，然而男友不出所料地再一次因为同事的失误不得不去救场。多么无可辩驳却又狗屁不通的理由。小象在阳台上平静地挂上电话，巧笑倩兮地回到热闹的餐桌上，不再为某个显而易见的事实做无谓的辩解。

经历过一段漫长的伤口愈合期之后，小象遇到了现在的男友A先生。A先生是某个上市公司的高管，工作繁忙可想而知，可他从来没有因为工作而放过小象一次鸽子。小象感冒，原本计划出差的他改签了最晚一班飞机，只为陪小象吃一顿清粥小菜；小象生日那天，他代表公司去美国进行一场合并案的谈判，小象在微信上回复完朋友们的生日祝福，点开A先生的头像并无新消息。经历过前车之鉴的小象不再粉饰太平，她知道，是他忘了。而半夜却被一阵敲门声惊醒，看见神色疲惫的A先生拿着不知从哪儿摘来的栀子花，靠在门框上，满眼温柔地说着"生日快乐"。"虽然晚了两个钟头，但我本来应该在美国的，按照美国时间还不算晚。"他晃晃手里的栀子花，抱歉地解释，因为到达时间太晚，花店都关门了，他只好当了一回采花大盗。

朋友们聚会，A先生会把小龙虾掐头去尾剥好了放在小象碗里，小象不好意思地说："哎呀，你吃你的，我自己来。"幸福得像一个被宠坏的小女孩。习惯了在感情里扮演一个体贴、懂事、以对方的需求为需求的付出型人设，没想到自己也可以被这么隆重对待。

面对上一段感情，小象终于可以坦然说出：再忙的人也要吃饭睡觉，不会忙到抽不出几秒钟给你发一条信息。与其说他以事业为重，不如说在他那里，你其实根本不重要。

也是我的朋友晗说的：不必因为在一个人那里充当绿叶而悲伤，也许你不知道，在另一个人的眼里，你繁花似锦。

"我很好,那么你呢?"

——来自月亮的一封信

这是一个关于初恋的故事。

阿树打包最后一箱书的时候,从《情书》里掉落出来一封信,信笺没有抬头,也无落款,打开来看,却是月亮写给S君的一封信。月亮是阿树高中时期的同桌,而S君是月亮当时的男朋友。阿树不记得为什么这封信会出现在自己的书架上,她盘腿坐在地板上,饶有兴致地读起信来。

喂，S君，
你那边的天气好不好？

S君：

*

　　刚刚收拾东西的时候一不小心找出了你高中的那枚校牌，那个时候你还没有烫卷发，抿嘴微笑着，依旧是白色上衣，下巴上扬着，一副永远不知天高地厚的模样。我不记得为什么我把所有的东西都打包还给你了，却唯独这枚校牌忘记了。

　　它好好地躺在我 Hello Kitty 的糖果盒子里，旁边还躺着一条你戴过的白色 Nike 护腕带，只不过它早在五年前就属于我了——是我抢的还是你厚脸皮硬塞给我的，完全不记得了。

　　不知道我的那枚校牌是不是还藏在你的柜子里，也许早在三年前分开的时候，你就已经负气把它扔进垃圾桶里了，而且是不留余地的——对，一定是。我能想象一寸照片里的我，一定是笑得软趴趴的，却因为躲在垃圾桶里而显得灰头土脸。

　　到底是谁说要学日本偶像剧里互换校牌的？嗐——不过，那个人好像是我。

　　现在想起来真傻，连你的QQ号和手机号都坚决地删掉了，却偏偏遗留了这么一枚更有身份代表和提醒意味的校牌。

好长时间不见,你又高了,又黑了,头发是花轮头,牙很白,所以在昏暗的光线里闪得更加耀眼——我就是那么没出息,躲起来以后还是拼命眯着眼睛细细打量你,一个人在最角落咬着牙齿忍住那不争气的泪花。

我真是一个典型的双子座,内心和表面永远短兵相接,明明在乎得要死,表面却不动声色地一笑而过——我依旧是那副死要面子的鬼样子。

其实仔细一想我们的相遇本来就很戏剧化,又发生在少年情怀泛滥的高中年代,这样算来,交换校牌这种事,也不算太瞎,是吧?

*　*

我们第一次见面是晚自习以后,我站在一楼楼梯口同朋友道别,你就这样跌跌撞撞地冲下来,强而有力地把我撞飞了。想起来我也觉得你就是以这般轰轰烈烈的姿态强势闯进我的生活的。那时候你脾气还真怪,明明是你撞了我,看我痛得龇牙咧嘴的,你反倒皱着眉头一脸嫌弃地打量我,再加之你长得那么黑,看起来那么凶,我只能眨巴着眼睛,装出委屈的模样揉着被撞的胳膊。你离开时又转过来瞪我一眼,才不甘地拐出楼梯口。

我当时觉得你坏透了,你才是始作俑者却还那么理直气壮，所以第二天在福利社遇到你时我就愤愤不平地将你的恶劣行径向我朋友倾述了。我不知道你是不是听见了，刚说完你就转头恶狠狠地盯着我，甚至连喝汽水的时候都没有把目光移开——这样看来，我们给彼此的第一印象还真是不怎么样啊。

然后一切的发展就跟俗套的青春小说一样，什么叫欢喜冤家，什么叫不打不相识。还是我朋友说得好，我们这两个瞎折腾的家伙，必须凑到一对，才能给别人解脱。

想起来我们当时还真是众望所归啊，起码是得到了无数人的祝福，虽然后来你跟你朋友说你那是为民除害，我跟我朋友说我不过是替天行道。

***

我自己都不知道从什么时候开始习惯你在我的世界里横冲直撞。

像是每天放学后你总是站在第三个窗边等我，那么挺拔地往那儿一站，良久后低头发个短信："再不放学我要冲进来了。"等车的时候你会突然消失，又突然举着两个蓝莓冰激凌递到我面前来，我犹豫了半天，挑了那个冰球大一点的放进嘴里。公交车上你前面背着我的书包，后面背着自己的书包，还要用手臂来护住我的头，同时嘲笑我不住的平衡感。你总是站在我家楼下的大榕树下等我，整个人隐在黑色树荫里，就像一枚小太阳，然后看到我下楼来后咧开嘴微笑。我把碗里的芹菜都挑出来倒在你碗里，还不知死活地说："不是免费给你的哦，排骨跟我换！"你黑着一张本身就很黑的脸冲上来，提着一个比你脸还黑的塑料袋先是对我不吃午饭的事理论一番，然后才摆上炒饭厉声叫我通通吃干净。你牵着我在断壁残垣上摘向日葵，我一脚踩滑从墙上滚下来，你使劲抓住我，见我没事后又特没素质地用脏话问候我。过马路的时候我告诉你只能踩斑马线上的白色道，见我在路中央蹦蹦跳跳，你突然上前抓住我的手，脸红着说："小心点。"你推开我的手拍上一百元人民币，像一个暴发户一样说要两瓶绿茶，然后盯着我手里的十块钱嘟囔着说跟我在一起不想花我一分钱。我用脚朝你溅水，在嘲笑完你"湿身"后才发现我的帆布鞋全湿了，一路踩着会"吱吱"冒水的鞋子回教室时，你歪着头说："这就是害人害己，同学你要从中吸取教训。"我告诉你我想考厦大是因为厦门有木棉花，你皱皱眉头，然后说："那我也要努力，你中午来给我讲历史习题，必须。"你总是从后面捂住我的眼睛然后阴阳怪气地要我猜你是谁，在众人的作呕声中大笑着把我放开说一句"你怎么那么笨啊"。你坐在我前面看物理书时我拿手一点一点戳你的背，在你终于忍不住大笑的时候，冷眼看着你说："同学安静一点好吗，这是自习室。"你的前女友、前前女友发来的短信和留言都会让我不满很久，你嘿嘿笑完问我是不是在吃醋，我踩完你的脚就头也不回地跑了，活该臭美吧你就……

真弄不明白,这些莫名其妙的小细节都过去这么多年了,我还能清晰回忆起当时的场景,并且会在回忆的过程当中笑得腰都直不起——你看你,不知不觉就占据了我这么多记忆。

和你在一起的每一天都热热闹闹,我以前都不知道自己表达感情的方式这么强烈,可是同时我好像也让它们浑浑噩噩地就这么过去了,明明一直有写日记的习惯,却在那些日子里完全舍弃了记录。我也没有把情绪调节好,常常是想到什么就冲着你吼出来了。也许吧,我始终没有把这突然降临的幸福收藏于心的能力,直到现在也是。

我常常想如果那些日子能长一些,更长一些,也许我就成熟了,也许我就不会再因为一些鸡毛蒜皮的小事,或者是路人甲乙丙丁而和你吵架了。我们明明握着那么美好的幸福,却白白将它浪费了,这是不是就是青春的哀而不伤和无理取闹?

****

我们计划过将来吗?

你说过无论是去哪个大学,哪个城市——关键是看要和谁在一起。

那时候我们还无忧无虑，胆敢在校长的面前对坐在小池子边上打情骂俏，还热情地跟校长挥手打招呼；就连最恐怖的教导主任在午休时抓住我们躲在电脑房的角落聊天都没有骂过我们什么，只是善意地叫我们要遵守纪律，不能在午休的时候溜出教室到处乱跑；你"咚咚咚"冲进办公室叫躲起来吹空调的我快走时，正好撞见了回来取东西的班主任，尴尬至极，年轻的班主任只是笑一笑小声告诉我说这个男生真是活泼。

有一段时间我甚至觉得是不是我们两个的相处方式太孩子气了，以至于这些看到早恋就要"见光死"的人民教师都不忍心说我们什么。还记得你来画室看我的情景吗，就连我们画画的老师都是坏笑着瞅着咱俩，你一背过身去他就靠过来问我"在一起多久了"。

这样想起来我觉得更亏了，我们得到的祝福和认可好像已经突破了亲朋好友，上升到一种不可比拟的境界了，可是我们最后还是没能在一起。

其实说起来也是我的错，我明明抬起手来想要死死抓住这些小幸福，可是却又在握紧的时候一点一点松开拳头，任凭那些记忆像流沙一般又原地滑落。

说我任性也好，可是你要相信我，我现在是拼了命地在捡回那些记忆。

我努力想起你坐在电影院里佯装伸懒腰，把胳膊放到我椅背上被我戳穿又臭屁的样子，我努力想起你为了争夺我藏起来的一寸照片而双臂环绕我的样子，我努力想起你摇摇头从我手里接过拖把走到我们教室正中央开始拖地的样子，还有你打篮球的样子，你自顾自哼歌的样子，你午睡的样子，你抱着双膝坐在我面前讲笑话的样子，你沉默地发短信的样子，你拿数学试卷敲我脑袋的样子，你伸懒腰露出小腹的样子，你站在楼梯上逆光对着我吼叫的样子，你站在楼下看我上楼回家的样子，你弹舌头把楼道里的声控灯从一楼亮到五楼的样子，你在7月5日下午夕阳西下，站在榕树下问我能不能当Micky爸爸的样子（Micky是我的狗）。

你走路的姿态，微笑的神态，我明明记得那么清楚。

是不是总是要等到失去才懂得珍惜，是不是总是错过才开始怀念？

你原不原谅我？我知道你后来去找过我朋友，她说那天你好像丢了魂似的，问完以后跌跌撞撞跑开了，答案都不想听。

你问她："她为什么那么突然就说要分开呢，为什么呢？"

过了很久，朋友提到这件事，我也在心里问了一下自己，结果连我自己也想不出答案。我能想象你那天的模样，肯定丢脸好笑到要死，可是为什么我一点也笑不出来，当晚躲在被子里哭到半夜？

*****

后来我看见身边很多朋友分手又和好，不明白为什么这种事情永远不会发生在我身上，好像只要我和谁分开了，那就意味着再也不会和好了。

你现在的女朋友是Z小姐，之前的是W小姐，再之前的是K小姐，再再之前的才是我。

朋友说你会变成如今这个样子全是拜我所赐，当时她痛心疾首地指着我的鼻子骂："你知道不知道你错过和伤害了怎样一个好男孩？"当时的我其实是有一点臭屁的，我以为一个男生会为了一个女生改变，证明这个女生在他心中必定占据了很重要的位置。我相信遗憾才是爱情最高级的形式。

好像老天嫌我们之前还不够精彩似的，那年元旦我们这个南方小城破天荒地下了场雪，我和朋友疯玩了一天，回家的公车上几乎没有人，只有一对小情侣在那儿卿卿我我，走近了才发现那对小情侣不是别人，正是你和W小姐。你也是吓了一跳，竟然当即放开女朋友直愣愣地看着我。我拽着一个破了洞的米老鼠气球，呆呆地站在那儿，一颗心就像那只气球一样泄下去。

真是好笑，这么多辆公车，这么多时间段，却偏偏同坐了这一辆。你想必也很是尴尬，听说那天是你和W小姐正式决定在一起的第一天。

你以前问过我信不信缘分。我不知道这算不算。

******

就像我说的，我真的就是死死死要面子。

其实我后来真的有打算跟你和好，却偏偏还端着架子跟你谈什么"蔷薇花""旧回忆"，你愣了很久以后说再怀旧也已经有了新的生活啊。我闹了个大红脸，就不打算说下去，逃似的跑开了。

朋友批评我的复合告白"是不说人话的文艺腔，难怪你听不懂"，我刚要辩解，他又抢白"就算听懂了凭什么你说分就分，你说合就合啊"。高考结束，我们果真没在同一个城市，连同一个省份都不是，隔着一千多公里的距离。

暑假回来你留言说请我吃饭,我打了一连串的"好"。可我们都忘了告诉对方手机号码,想想看,我们好像还是在躲着对方。

今天收拾东西的时候甚至翻出了那本你给我写的同学录,看你"龙飞凤舞"那么丑的字,心突然就抽了一下。

这么多年过去了,原来我以为自己早已搁下的东西还是念念不忘。就像这枚校牌,我以为丢弃了却还是躲在角落,一有空闲就跳出来龇牙咧嘴地笑。

S君,成年以后的我确实好好思考过你那句话,毕竟都已经这么多年过去了,我们早已有彼此的生活了,也都变了。我们的生活好像再也没办法重叠了,就好像以前那些事都是梦境一般,就好像时过境迁,短暂停留,年少轻狂。

原来是姹紫嫣红,不过是良辰美景,一说成空。

回不去了,我知道,所幸的是现在我在自己的生活里,过得也很好,那么你呢?

喂,S君,你那边的天气好不好?

月亮

合上信纸，阿树翻看《情书》的扉页，上面写着：月亮，购于 2012 年 2 月 14 日。她才想起这本书是好久之前，从月亮的书架上借来的。

想必是有感于博子寄往天国的信，才写下这封情书，却忘了投递。不，也许月亮写信的初衷便只是为了祭奠，祭奠我们的似水年华，纪念那个在回忆里永远鲜活的少年。就像她说的，遗憾才是爱情最美好的形式。

于是，阿树翻出高中的毕业纪念册，找到 S 君的通信地址，替月亮完成这段纪念仪式。毕竟，那个地址早就在南城改造的过程中消失于断壁残垣。

"非你不可"和"不妨一试"

一位姑娘在自己的微博里写下:"许多人的爱情故事,就是从'非你不可'到了'不妨一试'。"

我身边就有一对这样的例子,男孩子是典型的日式盐系男子的样子,穿白衬衫和白球鞋,高挑而清瘦,声音温柔,女孩子则是同样清新淡雅的穿着打扮,长长的直发,笑容温暖——这么说吧,只要他俩一同出现,我们就觉得在看高颜值的日本青春偶像电影,所以我们可喜欢有他俩出席的场合了,因为随手一拍就是电影截图。

两个人登对到什么程度呢?好几家品牌在情人节时,都邀请他们去拍形象宣传照,我们常笑说秀恩爱算什么,这两人从来不在朋友圈里晒彼此,却以一种令人羡慕的方式屠屏了朋友圈。

"非你不可"是一种对宿命天真浪漫的执着,
而"不妨一试"是经过人情历练之后,对命运的坦然接受。

有一次我们参加某个画展的开幕式,画廊老板和他俩聊天,在得知男孩开了一家自己的摄影工作室,而女孩在做摄影艺术杂志时,这年近半百的中年男人竟也生出欣羡的口吻:"你们能遇见彼此可真是难得啊。"

男孩曾经不止一次地跟朋友表达过"这辈子我就认定她了"的想法,感觉对方就是女版的另一个自己,"她能完整地复述出我曾经说过的话,轻而易举就能把我埋在心底的情绪描述到位,她想去的地方我都愿意陪她去,我在那一刻觉得只能是她,必须是她,我非她不可了"。男孩子是我所有的异性朋友里最感性的人,也正是这异于常人的特质,使得两人最初能走到一起。爱情不就是在对方身上寻找自己的影子吗?蒋勋在《孤独美学》里说,其实大部分的恋爱最开始都是爱上自己罢了。

如果这是个只羡鸳鸯不羡仙的故事,那大概不值一提,虽然令人歆慕,却充满了因缘际会的玄学意味,只能叹一声幸运。所以在听说他们分手之后,我竟然没有很诧异,内心隐隐的担忧和莫可名状的警觉终于落了地。

分手是女孩提出来的,但男孩解释说其实已经有很多东西变了,比如他最开始喜欢上女生,是因为她总能把自己的生活过得精致丰满,就好像在她那里永远都没有烦恼。可是在一起以后,却发现女孩因为生性敏感而带来的剧烈起伏的情绪和阴晴不定的脾气。他曾说女孩是女版的他,同样的敏感多疑,心思细腻,在亲密关系中他和她都缺乏安全感。他试图成为给予的一方,用行动和语言来安慰女孩那颗摇摇欲坠的心。可他发现，哪怕做再多的事，说再多的情话，女孩依旧会怀疑他对她的爱，他渐渐看不到乐观积极、如沐阳光的她，而是一个用无理取闹的方式反复求证的任性小孩。

"所以有时候，两个太相似的人不要轻易谈恋爱啊，因为就像是在照镜子，照到优点的同时，会照出更多共同的致命缺陷。"男孩感叹着说。

有人问，可这不就是传说中情侣间最高的境界——两个人最终变成两个一模一样的人吗？

男孩不置可否地摇摇头："最后你会发现，两个人已经到了一方还未开口，另一方就心知肚明的地步，缺少了沟通的必要。反而是吵架，因为太熟悉对方的软肋，所以句句都是直逼要害。

"我后来才明白，也许两人之间最和谐的关系并不是绝对的相似，而是互补，彼此有对方身上不具备的特质，这样才能一直相互吸引。就像亚当寻求夏娃，是要找到自己失却了的那根肋骨，才能弥补自身的不完整。"

男孩说分开的这段日子觉得放松，像是重活了一次，以前有意无意要呈现给大家的登对连体婴的形象终于解绑了，她不再像一个模范女友那样总是围着他转，他也不用老作为"别人家的男朋友"给自己重荷的压力。

而女孩似乎也一样，开始学习爵士舞，更换了衣柜里大多数的衣服，以前因为男孩喜欢最纯粹的黑白灰，所以这变成了她衣柜里最多的颜色。直到分手后，她才知道自己肤色偏冷，其实最适合微暖的姜黄色。女孩在朋友圈发了一张旅途中的照片，一身明艳的她在摩洛哥的蓝色小镇里笑得很开心，她写道："很多事后回想起来的重要片刻，大多缘自不期而遇，一个人或者和意外的'别人'一起，突然度过的。"

男孩说，世上哪有那么多"非你不可"和"命中注定"，如果不去试一试，她就不知道自己穿暖色调的衣服更好看，而我也不会想到，在某个周末偷个懒，不起床不刮胡子睡到日上三竿是多么惬意。

我突然有点明白，当初那莫名其妙的担忧是什么，是对绝对完美的畏惧。太过完美的人总让人感觉不真实，太白璧无瑕的关系，总让人觉得不安心。世界上有超过七十亿人口，我们欣赏的特质、喜欢的面孔总能在不同的人身上复现，我们有太大的概率会遇见所谓的一见钟情。而"缘分"有时候只不过是我们的一厢情愿。"非你不可"是一种对宿命天真浪漫的执着，而"不妨一试"是经过人情历练之后，对命运的坦然接受。

诚然，我们还是爱听那些"非你不可"的故事，因为它总是充满了青春的气息。我们却也在尝试接受"不妨一试"，练习用更宽厚包容的心去理解命运的安排。在人生旅途中，先遇到谁，后遇到谁，大概总是写满了深意。

"失而复得最珍贵"

1

"据说人生有两种层次的悲惨,一种是想要的得不到,而另一种是得到了?"小白坐在沙发上,一边撸猫,一边自言自语。

小白暗恋一个男生七年了。有言道:世界上有三样东西无法隐藏,贫穷、咳嗽和爱,越是隐藏越是欲盖弥彰。假装不喜欢一个人跟假装喜欢一个人一样难。所以到最后,这场暗恋便成了小白一个人的独角戏:观众如我,朋友三四,甚至那个男生,都看破了此中深情。

有些人不谈恋爱并不是因为爱无能,而是因为心中住着一位不可能的人。小白按兵不动,是因为那个男生有一位在一起了十年的女朋友。作为小白的朋友,我们也都私心地劝她勇敢面对自己的情感,"to be or not to be(生存还是毁灭)"。

关于小白的暗恋,身边了解内幕的人分为了两派:一派认为应该解放自己的天性,勇敢追求爱情;另一派则认为爱情应该遵守先来后到的道德规范,不做横刀夺爱的第三者。

小白在这暗恋的七年里,必定少不了天人交战、饱经两种观念的纠缠折磨,她既不愿背负道德污点,却又无法消解对那个人的默默情深。

2

念念不忘,必有回响。小白终于等到了那个折中的机会,变成了有故事的女同学。男生和十年女友分手了,不知是在失恋情境中急于找人取暖,还是感动于小白不离不弃的那七年,毕竟不是每个男生都有那么幸运,能有一位小昭一般默默陪伴、无怨无悔的女生。

面对突然而至的幸福,小白过于小心翼翼,毕竟是盼了等了两千五百五十四个日日夜夜的感情,像琉璃一般捧在手心,坐卧不安。所以你也猜到了,小白的故事注定了一个稍显俗套的结局。小白的懂事、体贴、过分谨慎,凡事以男生为中心的姿态,让她迷失了自己。而爱情最重要的就是势均力敌,是攻守平衡,小白无限度地牺牲自己,却使得这段感情乏善可陈。男生面对的似乎不是一个有血有肉有情绪有思想的活生生的人,而是一台有求必应的机器。这不

愈合后的伤口，
也不过是我们来这世界走过一遭的标志，
是伤疤污点还是参照指引，我们谁也说不清，
却可以肯定这些是我们拥有过的曾经。

是爱情。所以再后来，当男生的前女友回来时，小白的这段故事也就云淡风轻地结束了。

小白用七年的等待换来为期六个月的恋情。从求而不得，继而"得到了"，历经了人生两个层次的悲惨。求而不得是妄求，让灵魂缺了口，得到的一切都难觉圆满；得到继而失去，却因为"曾经拥有过"让失去更加撕心裂肺。朱天文在《最好的时光》里也这么说，所谓最好，并不是因为美好无匹从而使我们眷恋不已，而是倒过来，正是因为它永恒失落了，我们只能用怀念来召唤它，它才因此变得最好。

3

小白消失了。消失得彻彻底底，关闭了朋友圈，微信石沉大海，电话永远是忙音，无数封关切的电邮只换来"您的邮件我已经收到，尽快与您取得联系"的自动回复。后来从 Instagram 上看到她发了一张碧海蓝天的照片，茫茫大海中，遥缀着一叶扁舟，她写下：失而复得最珍贵。不知意欲何指，好歹知道她平平安安地活在地球的某个角落。

几个月以后，小白再次出现，带着满脸的晒斑，剪去一头长发，显得活泼又健康。她盘腿坐在我家沙发上，说出文章开头的那句话。

"那你是更后悔 to be，还是 not to be？"我终于有机会说出心中的疑惑。

哪里有不后悔的人生，好多在我们当时看来也许是有意义的事，其实到头来是一样的徒劳无功。可是这并不意味着说，我们就应该为了躲避一种后悔而陷入另一种后悔，因为惧怕一种错误的发生而自觉地困在另一种错误里。

所有做过的事、犯过的错、受过的伤，都会给我们留下点东西。所谓余波荡漾，那些我们拥有过的东西，也许在短时间内辨认不出它所带来的好坏影响，但未来路途漫漫，你怎么知道这些"好坏"的边界会如何模糊如何演变？愈合后的伤口，也不过是我们来这世界走过一遭的标志，是伤疤污点还是参照指引，我们谁也说不清，却可以肯定这些是我们拥有过的曾经。

"我还是不知道哪一种失去更不好受，但我觉得她有句话说得很对，失而复得最珍贵。"小白笑着打断我的话，我以为她在说前男友的旧情复燃，而她摇摇头，把我们家的猫举起来，眼神里绽放着光，她说："不，我是说我自己，我失而复得了我自己，这才是这半年多来最珍贵的一件事。"

多么庆幸，在经历了人生两种层次的悲惨之后，她终于找到了第三种幸运。

一个人的风和日丽

Part 6

一个人的房间

身边有一些因为跟伴侣关系破裂即将进入单身生活的朋友，时常会带着一种恐惧又不可思议的神情问我，一个人的时候你都干些什么呢？

他们习惯了什么事情都有另外一个人的参与，琐碎如一日三餐、看电影、见朋友、聚会、加班，复杂如似各种度假旅游、结婚生子、异地探亲访友。他们的生活挤满了另一个人，或者另一些人，也难怪一旦面对一个人的生活，便有些茫然无措。失眠的夜晚无所事事的，大多是灵魂处在空窗期的人。真正为了生存或者梦想奔走的人，只会抱怨不够睡。就像那句名言，"人们会感到厌烦，主要是他们的自我让他们厌烦。意识到自己生活的贫乏和无意义是人们厌烦感的主要来源"，"只有从事创作或得为三餐糊口的人才不会有厌烦感"。

伤了喝酒，倦了喝汤。
再多励志的语言，
都比不上这四个字：好好生活。

或许是因为父母离异得早，我的成长期总是伴随着一种寄人篱下的紧绷感。我始终无法真正理解"宾至如归"是怎样一种体验，倒不是说主人不够体贴不够热情，而是灵魂上的客体，始终无法拥有"如归"的合法性。长大之后，我一眼就能辨别出那些原生家庭完满的人，他们内心的安全感使得他们即便在一个客座环境，也能姿态舒展。而单亲家庭的小孩，往往太会察言观色，过于谨小慎微地扮演"客人"的身份，总是紧张于是否会因为自己的存在，而让人不舒服不愉快。所以从小我就格外珍惜"独处"的机会，大学的每个暑假我都以"实习"为名而不回家，那个没有空调、十一点就会拉闸限电的六人宿舍，便是我"一个人的房间"最朴素的雏形。

后来一个人北上，宁愿跑到五环边上租一个独立的小房间，也不愿意跟人合租。独居对于我来说，不仅仅是便捷、自由，更是灵魂上的安全感。很多人结婚前跟爸妈住，结婚后跟伴侣住，接着或许还有小孩、公婆。他们从一个家庭流浪到另一个家庭，日子总是满满当当的，不曾给自我留出一份清寂的闲暇来。

因为长时间一个人生活，我也磨练出一身家居维修的本领来，通马桶，清理下水道，跳闸的各种原理及处理方式，各种小家具的组装、维修，等等。厨艺方面，除了清粥小菜、红烧肉、炸酥肉、水煮鱼片、小鸡炖蘑菇等各式硬菜也不在话下。虽然谈不上专业，偶尔自己调一杯小酒也还像模像样，所以朋友们总爱相约在我家小聚，一应俱全，轻松恣意。

伍尔芙说："女人要想写小说，必须有钱，再加一间自己的房间。"

我的朋友韩梅梅说:一个自己的房间,让我们从"别人的世界"回来,不再跑来跑去,跑没了自己。

伤了喝酒,倦了喝汤。再多励志的语言,都比不上这四个字:好好生活。

一个人的夏日限定

  最喜欢夏天。西瓜。啤酒。游泳池。刚洗过澡,头发湿漉漉的,垂在肩上还在滴水。明明已经是傍晚时分,天色还亮着。远处楼宇之间缀着粉红色的晚霞,有时候是妖冶的紫红色。我喜欢这个时间在阳台的沙发上坐着,什么也不干。喝一杯啤酒,或者是水果味道的气泡鸡尾酒。如果在乡下,放一个西瓜进木桶,在井水里冰镇着。小时候妈妈会点一盘蚊香放在脚边,当夜色降下来,衬着那一星火红,煞是好看。不知道为什么,夏天让人年轻,好像每年此刻,人便重新活过一遍。

  成都的夏日傍晚有好闻的栀子花香,一股浓郁的奶香气,甜而不腻。我时常被这股诱人的香味侵扰,无论是图书馆的晚自习,还是要上到九点的英语课,每每无法入戏,便偷溜出来,骑着自行车满城乱转。成都的道路据说是乌龟爬出来的,不似北京这般方正,

最喜欢夏天。
西瓜。啤酒。游泳池。

随便挑拣一条路线，只要一直右转或者左转，最终便能回到原点。我喜欢路灯柔软的光，喜欢夏日夜晚和煦的风，裙摆飘飘，忍不住把踏板蹬得快一点，再快一点，像是有用不完的年轻和力气。

北方的夜晚没有花香，没有一直右转或者左转就能回到原点的安全线路，没有在夜晚默默燃烧的盘香。可是游完泳出来，湿头发还滴着水，一阵风吹来，头顶的树叶哗哗作响，人字拖敲打着柏油马路，踢踏踢踏，仿佛一下子回到好多年前的学生时代，翘课去享用没有人的公共澡堂，装着盥洗用具的红色水桶也是这样的声响。有一部分年少便在这样的夜晚复活过来。

夏天。真好。

年轻。真好。

一个人的失眠夜晚

我对于理想的家的幻想，一直是有一整面墙的落地书柜。或按照高矮胖瘦，或按照出版年代，或者按照类型分门别类。再来一架可以移动的梯子，随手取下一本书可以就梯而坐，细细品读。在北京住了这么多年，一共换了四个书架，从最初的木格子拼装书架，到后来的铁艺书架，每一次搬家，对于我来说都是一场浩劫。就是因为这一墙书，我极度渴望能有一个不用搬来搬去的固定住所。第十年，这个愿望终于成真，虽然留给书架的一整面墙不过是阳台右手边不足两米宽的空余地带，我还是精挑细选，从山东一个木料厂定做了一个老榆木书架，严丝合缝，生怕浪费一丁点空间。老榆木粗糙的质感，天然木料因为湿度差异而伸缩的特性，使得榫卯结构无法咬合得"亲密无间"，还有一些细小的毛刺，需要我用砂纸仔细打磨，可是天然木材的清香，每一块都独一无二的木纹，这份粗砺、朴素的厚重所圈围起来的一方天地，是整个家里让人最安心的角落。

大概是在出版行业多年的职业病：买书如山倒，读书如抽丝。后来因为买得多了，我时常一本书还没拆封，过一阵就重复再买一本。所以对于我来说，时常整理书架不仅是一件家务，甚至是类似一个寻宝游戏。北京干燥，容易扬尘，每隔一阵就得用带绒的抹布把书页间的浮尘掸落。那些买回来随手一放的书，重新按照某个标准分类。比如，按照地域分：外国文学、香港文学、台湾文学、内地文学。也可以按照题材分：虚构类、非虚构类，小说、散文。也可以按照作者性别分，还可以按照著书年代分。每隔一阵子就折腾一遍书架，会发现仅仅是物理上的腾转挪移，却让读书这件小事，生发出一种别致的趣味。更别说可以把一些看过却不记得内容的书大致温习一遍，偶然翻到缀在字里行间的勾画和批注，也会对当时看到那些句子或段落的自己产生极大的兴趣，就像翻看早年的日记，似乎是在读别人的故事。

失眠的时候，踱步到书架前，手指信马由缰地划过书脊，挑出一本适合当下心情的书，拍松沙发靠垫，舒舒服服地窝进去，倒一杯小酒，整个房间只留一盏阅读灯，午夜宁静得容不下任何轻微的声响，楼下小路上十分罕见地驶过一辆车，车轮在柏油路上碾过的单调声音从窗缝里漏进来，却并不恼人。猫蜷在圆形的猫抓板里，偶尔抬头看我一眼，似乎对书页翻动的声音感到些微不耐烦，叹一口气，又温温柔柔地睡去。

字句在凌晨三点的大脑里分外活跃，透过纸背，便是不寻常的语境。

这一刻，我不再关心世界。

一个人的牛奶特调

以前我从来不相信世界上会有人真的喜欢喝牛奶。我真是讨厌死了喝牛奶这件事,特别是热过的牛奶上浮着的那层油膜。多年的抗争经验下,我学会了如何用筷子挑开一个小口子,完整地喝完薄膜下的白色营养补充剂。是的,牛奶之于我,貌似苦口良药。所以,当我的好朋友陈甜甜在中学的毕业纪念册上"最喜欢的饮料"一栏写下"牛奶"两个字,我觉得她真是虚伪极了,为了标新立异不择手段。

直到某年暑假,我在她家喝过冰镇的牛奶之后,才与这种奶白色的营养补充剂握手言和。冰镇过的牛奶入口极淡,在冰凉的刺激下,奶腥味变得几不可闻,比水更滑顺,后味有一丝丝甘甜,真是奇特。

我发现爱喝牛奶的人都比较白，不知道跟牛奶有没有关系。时至今日，把牛奶作为特殊嗜好的人，似乎更加特立独行。"啊，我爱喝牛奶"比"我爱喝酒"莫名多了一丝 kuso（恶搞）精神。然而对于牛奶我也并不是全盘接收。我始终认为盒装牛奶比袋装的美味，依然讨厌热牛奶上漂浮的油脂膜。好在，除了冰镇，牛奶也有了许多有趣的喝法，比如：

1）加入半个牛油果，搅拌成牛油果奶昔。嗜甜的人，可以加入半杯酸奶，既能丰富口感，也能增强饱腹感。

2）牛奶加香蕉，混合搅拌成香蕉奶昔。作为运动后的营养补充剂再合适不过，香蕉作为高钾食品，刚好可以补充因为流汗而流失掉的钾离子。

3）牛奶加鸡蛋，上火蒸十分钟，便是Q弹的牛奶鸡蛋羹，作为晚餐后的甜点，营养又美味。

4）夏天，牛奶可以制成冰棒；冬天，可以加入莲子百合做成祛燥的牛奶莲子羹。

"啊,我爱喝牛奶"比"我爱喝酒"莫名多了一丝 kuso(恶搞)精神。

一个人如何优雅地用餐

曾经在网上流传甚广的一张"国际孤独等级表"中,一个人去餐厅吃饭才位列第二级,实在算不得什么值得炫耀的技能。特别是外卖盛行之后,大部分不得已需要独自用餐的人更是找到了一个退而求其次的庇护所,避免了独自用餐的社交压力。我有一个编剧朋友,到现在仍然保持着出门吃早餐的习惯,反而显得特立独行得可爱。

一个人用餐绝对不可耻!

反而,一个人去餐厅用餐是现代时髦女青年的必备技能。

"晚餐吃什么"估计是本世纪单身女青年最为头疼的一个话题。而偏偏每个星期总有那么几天,闺蜜缺席,备胎休假,不得不一个

国际孤独等级表	
第一级	一个人去逛超市
第二级	一个人去餐厅吃饭
第三级	一个人去咖啡厅
第四级	一个人去看电影
第五级	一个人吃火锅
第六级	一个人去 KTV
第七级	一个人去看海
第八级	一个人去游乐园
第九级	一个人搬家
第十级	一个人去做手术

人吃饭。吃腻了外卖，又懒得下厨，加上车水马龙的下班时段，人闲心散，晚霞烧得分外迷人，好像就这么随随便便回家有点辜负了大好年华。所以，一个人也要去餐厅好好吃饭。

可我身边大部分女性朋友依然克服不了一个人去餐厅吃饭的尴尬心理，要不就街边小店对付一口，要不就在便利商店打包回家。如何才能从容优雅地走进餐厅，把一个人的晚餐吃得又寂寞又美好？

首先，要穿得好看。

如果你三天没洗头，早上随便搓了一把脸，从一大堆待洗衣服里挑出一件胸口还缀着一滴咖啡渍的皱巴T恤，那还是去小区东门打包一碗麻辣烫回家就着《小欢喜》吃饭吧。

穿得好看，当然不是说非得正式得像是去参加晚宴，而是至少要做到体面，无论是宽松的休闲风还是合身的职业装，干净整洁是第一要素，不必妆容完美，但求得体适宜。穿得好看，人就自信，走在路上虎虎生风，腰杆儿倍儿直，去哪里都好，干嘛事都对。

然后，找一家合适的餐厅。

首推轻食餐厅，除了我本人爱吃草的喜好以外，轻食餐厅的用餐环境相对较好，人不多，没有喧哗声，而且菜式对独自用餐的人群比较友好，一份主菜就囊括了蛋白质、膳食纤维和碳水化合物。外加一杯果汁或者清咖，晚餐就非常健康完美。当然一个人吃火锅或一个人撸串儿也很豪放不羁爱自由，但总觉得画风有点剑走偏锋，很容易成为别人朋友圈里用来调侃的奇葩。

好，昨天洗了头，今天穿得美，又找到了适合一个人就餐的美好餐厅，挺胸收腹，步态轻盈稳健，推门而进，向领位的服务员点头示意，伸出一根手指，表示一人用餐。通常她会替你找一处角落里的双人位，你也可以霸气地挑一个中间开阔位置的四人席就座。点好餐上菜前，你可以拿出手机回回邮件，刷刷朋友圈，或者抖骚发一条一人用餐的微信给朋友。

膀胱浅的女同学可以趁这个时间去上个厕所，避免进餐中突如其来的尿意，虽不至于像谢耳朵一样被害妄想症似的怀疑谁动了自己的晚餐，就怕如厕回来，原来那张桌子早就易了主。前天在公司楼下的牛拉吃午饭，隔壁桌的小哥不过是去吧台取张餐巾纸，回来后就只能一脸无辜地感慨：我的面呢？面汤还没喝完呢！

如果实在不得已需要去厕所，一定跟就近的服务生打好招呼，或者拿上钱包和手机，把包扔那儿占座。

一旦上了菜，就请务必放下手机和任何可以用来装忙的设备，比如杂志或者 kindle。假装很忙来化解尴尬的时代已经过去了，群众的眼睛雪亮。

来，餐已就绪，慢慢咀嚼，让食物和味蕾充分接触，体验食物带给身体的愉悦和美好。感谢生活的馈赠，想一想诗和远方，或者回味一下刚听来的八卦，思考一下书本上的人生，总之把思绪集中在当下的事物上。

不拒绝和周围食客的眼神接触，不回避就不尴尬，用目光迎击某处投射而来的好奇眼光，相信我，对方一定会很快知难而退。再用目光点评一下邻座熊孩子的顽劣，猜测一下对面的男女是第几次见面。不要想着赶紧吃完走人，来，跟我再念一遍：一个人吃饭并不可耻。仔细听一听左边那桌八个亿项目的来龙去脉，好好分析右边八卦男明星的行业秘闻。

同事聚餐，家庭聚会，毕业十年的同学相见分外亲切，男朋友女朋友的约会格外浪漫，每一个人都忙着在晚饭的小场景里交换感情，其实谁都不会在意餐厅寂寞的角落里，一个内心戏丰富的女演员正在演着一个人优雅用餐的独角戏。就算留意了，也不必过分介

一个人的生活无论是否真的恣意盎然，
也需要一些仪式化的动作，
不要过于因陋就简，把日子过得凑合。

意，哪怕你一不小心打个喷嚏从鼻腔里打出了意面，出门以后都是陌路人。

我想起海棠说"人往低处走就像水往低处流一样自然容易"，所以陈白露用很多形式化的东西来提拎曾经高贵过的心气儿，时刻提醒自己：不要低头。而一个人的生活无论是否真的恣意盎然，也需要一些仪式化的动作，不要过于因陋就简，把日子过得凑合。

所以，即便一个人，也请好好吃饭。

一个人的午夜剧场

有一种活法叫：生存以上，生活未满

凌晨，一个叫哈松的东北小镇街头，一具冻硬的男尸被绑在半人高的雪人身上，尸身上贴着一张字条"请来抓我"。这是"雪人杀人案"的第三名"受害者"。和前两起案件相似，罪案现场被严谨设计过：只有受害人的脚印、撕开烟蒂的香烟头，以及一枚不存在于指纹库的指纹。很显然罪犯拥有高超的反侦察能力，这些被刻意留下的证据，以及一张"请来抓我"的字条，无疑是对警察智商的高调挑衅。再加上这些受害者都有案底在身，不是传统意义上的好人，很容易让人误以为这是一部关于法外制裁者的悬疑烧脑剧。

由秦昊、邓家佳主演，韩三平监制的《无证之罪》改编自紫金陈的"推理之王"系列的第一部。作为一名以社会派推理见长的作者,绝不会单纯地追求解谜的快感,以及故弄玄虚的气氛营造,在案件的背后必定带有作者对于所处的社会和时代的反思及诉求。可以说案件只是故事的容器,而由案件串联起来的人和人物背后的故事性,才是作者的目的所在。所以,这绝对不会是一个怪盗基德似的华丽个人秀。

很快警方便核查出被害人的身份:孙红运,哈松市一家货运站的老板,其妻华姐是当地名震一方的扛把子。在梳理被害人社会关系的时候,摸出孙红运生前的情妇朱慧茹。朱慧茹本是当地医院的一名护士,四年前因为哥哥需要做一个大手术,被孙红运接济,无奈成了被豢养的情人。由于朱慧茹有完美的不在场证据,所以警方并未多逗留。

由于孙红运的突然死亡,让华姐惦记上了孙红运替朱氏兄妹盘下的砂锅店面。华姐找到了当地一家律师事务所的老金,老金是个什么人呢?一个知法懂法的地痞流氓,办案靠三分法律常识、三分骗术、四分社会关系。在这个六百万人口的东北小镇,典型的熟人社会,所以老金很是吃得开,而事务所的实习生郭羽却恰好是个满脑子法理、道德的书呆子,世界对于郭羽来说分为"守法"和"犯法",而对于老金来说,法律却并不是解决问题的唯一途径。

原著里郭羽是一个程序员,剧里改成了见习律师,这个改动很巧妙,是对后面"法与情"主题探讨的一种映射。而且剧里郭羽这个人物做得更扎实,前期人物低潮的处理为后面人物黑化打下了很厚实的基础。这是非常考验演员演技的一个角色，也是全剧最值得咂摸的一个人物，这个我们后面再说。

老金和华姐设计诓骗朱慧茹签署一份巨额欠条，也正是这个契机，让朱慧茹和郭羽这对初恋情人碰上面，成了彼此命运脱序的开端。

初恋摊上这么大的事，小青年郭羽肯定要想尽办法力挺相助，无奈他唯一能够得上的社会人士只有黄毛。黄毛又是个什么人呢？吃拿卡要的小混混，有案底，却也只是一些"不够格"的小前科，连大人物的边儿都够不着。可郭羽哪懂这个，以朱慧茹辩护律师的身份去跟黄毛谈判，还拿了合同让黄毛签字。先不论黄毛是否够格跟华姐谈判，他根本就是个无耻淫贼，收人钱财不替人消灾不说，还惦记上了朱慧茹。黄毛强奸未遂，被反抗的朱慧茹和赶来解救的郭羽错手杀死了。他死得不冤，但是不巧，作为孙红运一案唯一的目击证人，他本应该死在雪人手下的，雪人晚到一步，目睹了郭、朱二人的杀人过程。接着反转来了，雪人提出帮助二人洗脱罪名，补刀黄毛，让尸检查不出致命一击，将蛋炒饭灌入尸体胃部，并用黄毛手机里的微信语音伪造出一段录音给黄毛的大哥张兵打电话，以此混淆黄毛的死亡时间，替二人制造不在场证据。

是的，第二集凶手就浮出水面了，前面说了，这是一部社会派推理小说，重点不在于凶手是谁，而在于杀人动机。

为什么每次杀人都要大费周章堆雪人？

为什么装饰雪人眼睛用的是羊拐骨头？

为什么每次留下且仅留下一枚指纹，以及撕掉烟蒂的半截香烟？

这绝对不是一场自我满足的个人秀，那凶手通过这些细节想要传达什么信息？

作为一部仅仅十二集的迷你精品剧，比起动辄六七十集的国产剧，《无证之罪》可以说是非常良心的。为什么这么说呢？原著是三线程叙事，一条是以严良为主的警方破案的过程，一条是以骆闻、郭羽和朱慧茹为主的犯案的过程，这两条暂时是明线，还有一条牵涉真正"雪人"的暗线。三条相互交织的故事线，单拎一条加以演绎都不止十二集，可以看出制作团队着墨是非常节制且扎实的，每一个镜头、台词和人物动作的细节都不会是废笔，都是为后面的故事展开埋的线。

黄毛为什么请张兵吃饭？是因为黄毛从朱慧茹那儿骗到了钱。就因为黄毛请兵哥吃了饭，所以兵哥大意，将高利贷的账本放在了黄毛身上。接着黄毛死了，账本失踪，造成了黑白两道都追查朱慧茹和郭羽的情节。这个桥段并不单纯为了制造紧迫的危险气氛，账本作为一个很重要的道具，会将所有人都串联起来，并推动人物命运的变化。

原著故事设定发生在杭州，《无证之罪》网剧将背景放在了东北某个人口仅仅几十万的小镇。个人觉得这是神来之笔，极寒天气、旧工业城市的气象、殖民美学的压迫性降临，让东北有某种尤为特别的美学价值。曾经有人这么评价，"东北的审美与生活方式都是悲核的，他们经历太多衰败与凋敝，于是不再相信未来"。东北似乎特别适合容纳沉重、深刻的故事内涵。

另外一方面，一个城市越小，六度分隔的效应越明显，随便一块广告牌砸下来都有可能砸中你高中同学的舅舅、小学语文老师的侄子、前同事的丈母娘。人和人的联结越紧密，在一个文本语境下人物关系的复杂性就越可信。那些看似偶发的罪案，没有一件是真正偶然的，每一个人物的重要叙事都是相互交织的，没有无来由的爱，也没有空穴来风的恨。

郭羽作为一个小镇青年的典型，他试图通过努力学习逃离家乡，他学习法律，向往一个公平正义的世界。而他满心仁义道德，在社会这锅大杂烩中却始终无法独善其身。我一开始不太明白为什么朱慧茹的哥哥要拆散他们，也不太明白骆闻为什么告诫朱慧茹远离郭羽，想来越是一个理想主义的人，在残酷现实的打击下，往往黑化得越彻底。

而朱慧茹呢，在一个大城市美可能是一种资本，而在一个经济欠发达、治安混乱的小城镇，美往往是一个女人的原罪。蹲了十二年牢狱的货运老板孙红运惦记她的美，什么都不是的小卡拉黄毛也惦记她的美。她的美对于这个世界来说是一种诱惑，而这个世界也同样诱惑着她，她服从了，成了千夫所指的"情妇"；她反抗了，成了疲于奔命的杀人凶手。

邓家佳把朱慧茹演活了，会哭的女演员很多，但能哭出层次的女演员却很罕见。第三集有一个细节特别值得玩味，警察走后，朱福来追问妹妹孙红运的死，朱慧茹崩溃大哭说："是，这些年我们一直在一起，全世界都知道，就你不知道。"联系到第一集朱福来跟朱慧茹说："咱们店生意也不错，你辞职来店里帮忙吧。"他真的不知道供养兄妹二人生活的，不是这家他辛苦经营的砂锅店，而是他妹妹的牺牲吗？他知道，他羞愧，他心痛，可除了装聋作哑，他一个残障人士又能做什么呢？

其实也不仅仅是东北小镇哈松，这种小人物的悲剧色彩弥漫在任何一个五六线小城镇。《中国有嘻哈》爆红的说唱选手GAI，因为和红花会的beef（争执）而被群嘲。他花五百元买beat（伴奏），又把钱要回去的事，很多人觉得不可思议。估计没在底层混迹过的人无法体会，在生存面前，礼义廉耻都是其次的。

这个世界除了诗和远方，还有一种活法叫：生存以上，生活未满。

哪有什么绿茶可言，
大S是我心中最好的杉菜，没有之一

2001年《流星花园》热播的时候，我刚上高一，在那个港台剧的主要收视媒介还是DVD的时代，得了中耳炎的我跟我妈连着在家看了三天。那个时候的F4有多火？当年的成都还是著名的演唱会毒药，许多知名歌手均在此遭遇滑铁卢。F4来成都开唱的时候，我们班有同学去了现场，据说买到了假票，后来从黄牛手上高价收票才得以入场，成都体育中心附近的道路出现了严重拥堵，隔天还上了报纸的社会版块。每个学校门口都充斥着贩卖海报的流动摊位，好像每一家音像店都在放《流星雨》，在那个网络语言匮乏的年代，"道歉有用要警察干吗"就是那一年最流行的句子。男生们悄悄留起了长发，好像任何东西都可以跟他们扯上关系，而在台湾红了很久的大S迅速在内地打开市场，成了第一批台湾偶像剧女王。至今ASOS姐妹俩的婚后生活，仍然牢牢牵动着吃瓜群众的神经，稍有风吹草动必定热搜见。

大概是为了给暑期档的翻拍版造势吧，时隔十七年，原版《流星花园》又复播了，因为大S一条"杉菜很绿茶"的微博上了热搜，网友们纷纷评价这部神剧为鉴婊剧。最近我又把它看了一遍，其实2008年为了给小说人物找台词，我就挑着看过一遍，虽然隔了这么多年，流行早就换了不知多少轮，当时富家名流口里闻所未闻的名牌，似乎变成了大众消费品，影视剧的审美品味被日韩潮流各领风骚了数十年，看着这款土味台剧，却依然能被剧情牵动情绪。

仔细说来，这部漫画改编的偶像剧是真正 get 到了漫改的精髓，漫画式笑料和反差现在看也不觉过时，人设做得很扎实而不觉扁薄，作为一部偶像剧，一言不合就"开车"，完全没有纯爱的影子，价值观相当先锋。当时的 F4 都是新人，也都不是科班出身，根本谈不上什么演技，但现在看起来仍不觉出戏，甚至好长一段时间以来，我一直觉得言承旭就是"道明寺本寺"，那张野性且充满荷尔蒙气息的脸比后来刻意装酷扮狠的人不知道高了多少个档次。

而彼时的大 S 真的很好看。关于大 S 的颜值一直颇有争议，连她本人都说过，因为脸盘大，在荧幕上比较吃亏，演不了绝代芳华的大美女。可是看着屏幕里的杉菜，才终于理解有一种美叫"刚刚好"，以至于后来日版韩版的当红小花出演的杉菜，也还是代替不了大 S 的位置。一紧张就语速加快，笑起来眉眼弯弯，倔强又自尊，在任何地方都能活下去的杂草杉菜，跟大 S 有太多的重叠。大 S 作为高龄产妇，头胎就费尽心思，破了十多年的荤戒才怀上，二胎因为癫痫发作，鬼门关闯了一遭；三胎因为监测不到胎心最终决定终止妊娠。网友们纷纷为其产子之路坎坷不易表示心疼，希望她不要再生了。而她也只是说，自找的，不用心疼。

记得小 S 怀孕的时候一直担心孩子不健康，大 S 曾经对神灵祷告，如果徐家一定要有一个不健康的小孩，让我来，我愿意生。当初吃素也是因为家里养了很久的狗狗病危，她又向神灵祷告，愿意吃素来换取狗狗再活久一点。大 S 说自己许的愿都很灵验，因为自己总是拿重要的东西来交换。

Part 6

有人说，大 S 嫁给汪小菲现在看来是嫁对了，四十一岁的脸上还是人淡如菊的样子，并没有沾染生活的戾气。可是我觉得就算是嫁错了人，对于大 S 来说，也没有什么不能扛的。她总给人一种莫名的安全感，好像无论多大的事，到她那里都能被承担。

看了看《流星花园》复播后网友的评论，有点诧异十几年后，潮流滚滚向前，但世代观念怎么有种隐隐后退的感觉。果真是因为现在的偶像剧过于脸谱化，让新生代观众对于人性的理解那么促狭吗？

网友评价滕堂静："以前觉得她优雅大方，简直就是一个集美貌与才华于一身的女子，完全没想到她竟然有渣的潜质！滕堂静从外国回来，得知花泽类没有交女朋友，就劝他要交女朋友，还要把自己认识的女模特介绍给他。结果下一秒转头又要求花泽类不能和别人认真，只能做自己一个人的花泽类。"

滕堂静是一个很有主见的女孩子，从小就宣称要不被家庭束缚，要过自己的人生，她在二十四岁生日的宴会上就公开宣布，自己不是滕氏企业的静，不是任何人的静。这样的人对于感情也是一样，她投入真情，却不愿意被感情束缚，花泽类是从小紧紧跟随她脚步的小忠犬，但她明白有一天类也会长大，也会有自己的主张和抱负，不可能永远像影子一样做她的附庸。她对花泽类的独占欲是真心的，而她也看破了花泽类情感中的单纯和美好有保存期限，所以不必执意留恋。这不是渣，而是人的复杂性。

前阵子翻拍自日本《东京女子图鉴》的《北京女子图鉴》《上海女子图鉴》，因为三观引起了广泛讨论，很多人认为女主太过物质，奋斗的目标就是买包，奋斗的途径是利用男人。当初翻拍的消息刚传来，我就料到舆论会在价值观上打转，因为对于大众来说，《东京女子图鉴》的观念就过于先锋，并不讨好大众。它将一个从小城市来京打拼的女孩的黄金十年融合成一个一个标志性的片段，让人在短时间里去消化一个人十年的转变和成长，自然容易食不下咽。

其实这部剧是在探讨价值观，而不是塑造价值观。记得最后的结局吗？女主见到当初因为不甘陷于平庸生活而分手的男友，看着他挽着妻女在充满烟火气的街道渐行渐远，才发觉绕了一大圈，自己追求的不过是这种平平淡淡的生活。不过也没有什么痛哭流涕、悔不当初的场面，不过是一句：看见你过得很好，而我也过得不差。

多元化的价值观正是一个社会最有魅力的地方。

我也希望在充斥着强奸、怀孕、堕胎这么"行为大胆"的国产剧里，能有更大胆一些的价值观讨论，不要总是局限在纯爱的框架里，把真实人的生活写得那么苍白局促。

所谓气场，不过是一种勇敢和坚定

一列失控的火车把一百零九个人带到一座与外界隔绝的荒岛上。

败落的城市遗迹还残留着现代文明的气息，蒙尘的超市能找到的是二十年前的货品，食物、水早已过期腐坏。正当人们寻找落脚处时，却被一群嗜血的蝙蝠攻击，被咬伤的人瞬间死去，而人们不得已把这间四壁破败的超市当成了暂时的庇护所。这便是荒岛求生剧《无主之城》开篇营造的末日情节。

一开始人们还七嘴八舌地提出各种求救的建议，当逃生的可能逐渐渺茫，有限的食物和水，以及不时袭来的外界恐惧，让恐慌的情绪愈演愈烈。有意思的是，这个时候，人群中拥有领袖特质的人格就开始展现。

在这部剧里有两个可以左右大众的人物：一个是精明的商人，多年的商战经历让他洞察人性，奉行社会达尔文主义，认为这个社会原本就是弱肉强食，只有成为一匹吃肉的狼，才能存活下去。当人们在讨论要不要去寻找丢失的小孩，要不要拯救落难的同伴的时候，他总是利用人们的求生欲，坚定地放弃少数人的福祉。如果说一开始人们在文明社会习得的伦理观还会影响人的判断，让人在"利他"和"利己"之间摇摆，但当危机升级、极尽绝望的时候，商人口中言辞精辟的"人不为己天诛地灭"便成了正义。

另外一个动摇人心的人物是一个退役警察。在剧中是"大爱"的代表，他坚决不放弃任何一个少数派，当被蝙蝠袭击的人成为感染者，行为变异，开始疯狂攻击剩余同类的时候，他也坚定地不放弃他们被救治的可能，不把这群人当异类赶尽杀绝。

这两个人在剧中不断交锋，轮流掌握控制权，而他们各自的追随者不能简单地归结为"善类"和"恶类"，而是存在于每一个人心中的复杂性。这便是"羊群效应"：羊群是一种很散乱的组织，平时在一起也是盲目地左冲右撞，但一旦有一只头羊动起来，其他的羊也会不假思索地一哄而上，全然不顾前面可能有狼或者不远处有更好的草。

让我深感兴趣的是这些能够在危机时刻成为头羊，具有领袖气质的人格是什么？

在日常生活中，很难觉察这种人格。在公司有领导制定方向，在学校有老师约束管理，在家中有父母长辈教诲，整个社会处于一种有序的架构之中时，"领袖"是一种身份而非气质。

这种气质也可以视为"气场"，一个拥有强大气场的人即便身份卑微，也能在人群中卓尔不群，很容易被挑拣出来。我想这种气场是一种坚定，对自身抱持的信念坚信不疑，自然不会在兵荒马乱中左右摇摆，畏缩不定。

我想大部分人进入社会都会经历看山是山、看山不是山、看山又是山的过程。

第一个看山是山，是初入社会，对理想、梦想的坚定，是非对错清晰明朗，对人生充满了热望。这是少年独有的姿态。这个阶段

一个拥有强大气场的人即便身份卑微,也能在人群中卓尔不群,很容易被挑拣出来。

的坚定更像海市蜃楼，难免盲目。而随着年岁渐长，在尘世中经历浮沉，初尝人生的艰辛不易，见过了人性的复杂难辨，对错的二元对立稍有瓦解，看懂了人生的灰色地带，渐渐明白这世上不止一种"是"也不会仅有一种"非"，这个阶段人会尝试站在对立面去思考问题，也学会了包容。而因为价值的多样性，难免会陷入迷茫，这便是看山不是山的阶段。

再后来，去攀登过高山，踏足过低坎，那些还未散去的初心便是清明的自我，逐渐从这个繁杂的世界中分离出来。你能理解这个世界上有千万条路，而哪一条才是你真心所趋。山还是那座山，而你已不再是当初的你。这个阶段的坚定，是经历过历练的坚定，而你心中的正道，即便与世界为敌，也恪守不移。

这大概就是我理解的强大气场和领袖气质。

《天官赐福》里的仙乐太子，因为在悦神仪式上救下一个跌落城墙的小孩而破坏了仪式，被视为对天神不敬。国师为免天神降罪，责令他面壁思过，向天神表达歉意。他说我既然做了对的事，想必天神不会怪罪。

国师道：万一天神真的怪罪了呢？

仙乐太子坚定道：若真如此，那么就是天错，我对。我势与天，抗争到底。

人生在世，势必会经历很多对信念的考验，愿你总能做出勇敢而坚定的选择。

活着，是一件多么寂寞的事

我不认识梅瑞狄斯，也从没读过他任何一本书，但因为《家族的形式》这部日剧，我记住了他说过的话。他说："男人一过四十岁，就会跟自己的习惯结婚。"

永里大介，是一个年近不惑的中年男人，没有啤酒肚，没有中年痴肥，额线大概比青春期稍有退缩，乍一看却依然是茂密的状态。他相信男人一过四十，就会跟自己的习惯结婚，在三十九岁这一年终于在东京的某处单身公寓为自己买下了一座"城堡"，一个人，完全按照自己的意愿、步调和习惯的完美生活，即将展开。

说到这里大概可以想见，香取慎吾饰演的永里大介并不是一个四十岁还结不了婚，人生充满绝望、晦暗和无奈的loser（失败者），相反，他在东京一家知名的文具公司担任主管，能够完全依靠自己在东京买下一套公寓，除了严谨到近似强迫症的工作习惯，却也并不是一个不懂生活情趣的工作狂，准确说来，是太懂得享受生而为人的乐趣所在。酷嗜啤酒，对各个产区的酿造工艺如数家珍，家里还有一个专门供奉啤酒的小冰柜。最爱吐槽那些什么都不懂，纯粹为了买醉的人。

不同于那些生活中缺少女性角色就一塌糊涂的蠢直男，大介的生活井井有条到近乎苛刻。早餐是自己调制的应季蔬果汁，晨练是公路骑行，午餐是一天中唯一可以摄入碳水化合物的一餐，拒绝一切以情感沟通为名的社交形式，用他的话来说："聚会喝酒是为了和他人混熟，而白白浪费时间和金钱的体系。"

所以为什么三十九岁依然单身呢？那是因为他根本不想结婚呀。"人活到三十九岁也就了解自己了，我就是这种人。不适合和别人一起生活。所以不给任何人添麻烦，也不伤害任何人。"

你以为这是一部讲大龄单身男女青年幸福生活的番剧，对不对？对，也不对。如果只是一部彰显"一个人也可以好好生活"的作品，大概很难匹配豆瓣上 8.8 的高分，成为一部具有普世情怀的经典了。

大介的完美生活才刚刚拉开序幕，他在乡下的父亲，因着一场火灾，带着一个名义上的弟弟强势来袭。五年前母亲去世后，七十岁高龄的老父于近期再婚，新婚妻子突然失踪，于是自己带着十三岁大的"儿子"前来东京寻人。什么都不懂的父亲，明显被骗了也不承认，毫不介意对别人生活的打扰！真是一场噩梦。

住在大介楼上 507 室的熊谷叶菜子，是一家咖啡外贸公司的高管。最喜欢的书是《红发安妮》；有莳花弄草的闲情雅致，却总是忘记浇水；喜欢做饭，讨厌洗碗。运动？啊，那大概只能说是偶尔

出现在生命里对抗压力的无聊活动吧。叶菜子是大介所在文具公司的忠实粉丝,由于太过忠实,所以会不厌其烦地给各种产品写改进意见,让大介和同事十分头疼,私下把她形容成:有闲又丑性格又差的女人。除了以上渊源,叶菜子和大介还有一点十分重要的重合之处:她认为这年头,只能选择结婚的人,真是太可怜。

叶菜子的母亲以"体验别样人生"为名,暂时在叶菜子的寓所安顿下来。跟大介的父亲有着相似的正见:人生从现在才正开始,对子女区区三十岁就以为勘破人生的态度不以为然。所以叶菜子妈和大介爸便很快结成联盟,在子女的生活里煽风点火,以花样作死的姿态搅乱两个人各自平静的完美生活,也由此成了他们互相倾吐的连接点。

大介爸像是一个活到这把年纪所以无法无天的乡下老头,对于大都市人之间那种冷漠而礼貌的相处模式不得要领。在阳台上生火烤鱼,被当成火灾引来了消防管制;呼朋引伴在夜里大唱卡拉OK,引来邻居投诉;因为大介对于有机蔬果的品质要求,就搬来熏死人的化肥在阳台上搭起了小型农场;为了做出新鲜的刺身,在浴缸里养起了章鱼,同样还有在地板上恣意爬行的甲鱼。在大介看来,父亲实在是一个拎不清的人。

同样拎不清的,还有大介公司的同事佐佐木。佐佐木是一个为了"这把年纪还结不了婚"深感焦虑的人,是那种跟心仪的异性相处就手足无措的类型;是那种积极组织各种形式的婚联活动,邀约被同事拒绝，就会生气地说"你这么受欢迎，看不起我们这些结不了婚的人"，然后发一通脾气把同事抽屉里的文具搞乱的幼稚鬼。当初听说大介买了公寓就提议找大家去开 Party，被明确拒绝了之后，竟然跑去大介家，跟大介的父亲一见如故，然后就张罗着把 Party 搞得如火如荼。

前面说了这不是一部立 Flag 的作品，而是预留更多空间，讨论在一个固定居所里，不同的人如何自处和共处的问题。比如：人为什么要结婚？

大介文具公司的 90 后同事入江，结婚的理由只是因为单身人士不能领养宠物。用这么轻松随便的理由结婚，所以连婚礼都没办。估计好多人看到这儿就会跟大介一起感叹年轻人轻浮的婚姻观，可是仔细研究入江和妻子小茜的人设，一个父母离异便断绝关系，一个父母双亡。能说出来的同居理由是"当时生活太拮据"，而潜意识里何尝不是两个拮据的灵魂，为了某种亲情的牵绊而相互吸引呢？

叶菜子的妈妈调解因突发事件而陷入僵局的入江和小茜时说："年轻的时候和丈夫经常吵架，他只知道忙工作，家里的事完全帮不上忙，还总是挑剔。而我为什么还要劝叶菜子结婚呢？回想起来，毕竟美好的部分比苦涩多啊。"

大介曾质疑父亲再婚的动机，毕竟母亲过世才五年。前半生明

独立于世，或多或少是一种假象，
毕竟生而为人总是不可避免地要与他人产生关联。

明是孤僻得要死的个性，晚年却热衷于在别人的亲缘里扮演一个慈父的角色。直到看过母亲临终的书信，叮嘱阳三凡事多跟人商量，不要一个人死扛，单丝不成线，独木不成林，才有点能理解父亲的转变。

再说跟阳三再婚的单亲母亲小惠，一开始让人误以为是个婚骗的，连亲生的小孩都不管，拿着阳三的养老金不知道在哪儿逍遥。而事实上她也是个可怜人，年轻的时候遇人不淑，因为怀孕不得不放弃学业，却惨遭抛弃。明明出身于东京的富裕家庭，却被当成家门之辱，无人看顾。阳三说，但凡有人对他们母子伸出援手，他都不会那么辛苦。

阳三带来的这场家庭闹剧，逐渐消融了大介牢不可破的独身习惯，虽然他依旧把"找回自己的步调"挂在嘴边，却不知不觉地敞开心扉，竟然还亲自下厨款待越来越庞杂的聚会人群。而就在一片祥和热烈的欢乐气氛中，阳三坦白了自己将不久于人世的病情。这些相识或长或短的人，用各自的方式表达悲伤，唯独大介行动如常，说着"我没事"。在最理所当然的伤痛面前，却最无法表达，好像悲伤是一件极不体面的事。

在一个樱花飘零的午后，阳三离开了。面对父亲仿佛睡着了的面孔，大介第一次失声泣诉："说来就来，说走就走！就像开玩笑一样！"

阳三在生命的终段，将大介孤绝的生活撕开了一道口子，填塞进亲疏远近的人际牵绊。独立于世产，或多或少是一种假象，毕竟生而为人总是不可避免地要与他人产生关联。大介的冷漠、自私和独身的享受何尝不是一种脆弱的表演，给人一种自给自足的错觉，毕竟一旦对人产生情感，就得担负起离别的风险。而一些重情的人，大概是太过惧怕这种风险了。

《我的前半生》里的子君通过走出一段失败的婚姻而重新找回自我，按照田园女权主义的世界观，她大概应该过上一种独身的精英生活，以向那种认为"不结婚不成活"的主流价值观宣战。而亦舒却说："迷路是很可怕的一件事，场内再色彩缤纷，又怎么可以逛足一辈子。"所以她笔下的子君又重新回到干道上，安全地过日子。

亦舒或者大介都是能把一个人的生活过得多姿多彩的人。可是最后他们都选择出让一部分自由，与另一些人休戚与共。

大概要经历一些世事，才能承认，活着，是一件多么寂寞的事。

给独居女孩的一些小提示

这是给刚刚开始独居生活或者即将进入一个人新鲜自由的女孩们的一些建议。无论你是出于什么原因，带着什么心情把日子过成一人份的，都不必担心，就当作人生的一段悠长假期，一段丰富阅历的旅程，好好安顿，细细打算，一个人的日子，也请不要将就，不辜负，不虚度，窗明几净，风和日丽。

1

一个人住，安全是第一位的。

如果是租房，第一件事是一定要换锁芯。这件我认为是常识的事，却依然有人忽视。前阵子一个女性朋友的房东突然不请自来，自己拿钥匙开门进来，跟早起睡眼惺忪的她碰个正着，尴尬之余更是胆战心惊。现在的租房中介是包含换锁服务的，需要让换锁的师傅当着面拆锁芯的硬塑料包装，当锁芯安装完毕，用备用钥匙试一试锁体是否顺畅，在主钥匙再次插入之后，备用钥匙就失效了。

晚上睡觉前，将门反锁，并将钥匙留在门上。这样即便钥匙不慎丢失，拿着你家钥匙的人也无法从外面将门打开。

其次，检查窗户，在保证安全的情况下，睡前最好留一些窗缝，保证空气的流通。我从前的习惯是开厨房的窗户，并关闭厨房门，这样如果遇到燃气泄漏，也能最大限度地保障人的安全。不过现在我家设计了开放式厨房，所以安装带有切断阀的燃气报警器就很有必要了，当燃气泄漏，报警器会自动切断燃气阀。

再次，对于租住的是底层没有防护栏的房子，或者小区环境比较复杂的朋友，可以选择安装电子猫眼和家用防盗报警器。

2

一个人生活最大的障碍，大概是生病了没有人照顾吧。虽然说坚持运动保持健康的生活习惯很重要，但是人吃五谷杂粮，难免有个头疼脑热的，对于独自居住的女孩，需要做好万全的措施，家里需要准备一些治疗感冒发烧的常用药，以及酒精、创可贴等。如果感觉发烧加重，很有必要给亲近的朋友报备一声，并请他们隔天给你打个电话确定一下病情，这样有一个人随时关注你的病情，可以预防危险发生。

一个人做饭最大的坏处就是量不好控制，尤其是米饭很难恰好蒸出一个人的量，多了又容易浪费，放在冷藏室至多两天，否则即便没有明显质变，我也总是胆战心惊的。但你知道吗，如果将米饭分成一人份，放在密封盒子里，放进冷冻室，储存的时间就会大大加长。下一次用餐前，只需要加一点水，微波炉里转四分钟就好啦，亲测口感并不差。这一招还是跟有着丰富独居经验的高木直子学的。同理，切片面包、馒头等也可以如法炮制。

要说日常维修，我最怕的就是管道堵塞，一来疏通工程浩大，二来狼藉程度十级。所以防患措施就很有必要。我的做法是家里备一些管道疏通剂，大部分的超市有售，它主要是针对厨卫管道内油脂、毛发、菜渣等各种有机物质造成的堵塞进行疏通。产品本身具有腐蚀性，市面上的大部分为颗粒状，需要配合水使用，溶解会产生 80℃~100℃的高温，生成大量的气体，以此疏通管道。我后来在日本淘到一款啫喱状的疏通剂，相对更温和，作为日常维护使用更安全。

3

每周买一束花。美丽的事物会点缀心情。

给自己煲汤，煲汤是最不需要技术的厨艺，不仅美味还营养。我最常炖的是棒骨汤，小火慢炖三个小时，炖到肉质软烂，轻轻松松地就能剔下来，剩下的骨头再炖半个小时，就是一锅上好的高汤，用来下面或者冒蔬菜都再好不过。

一个人生活的自由，很容易演变成一种散漫，因为没有人监督提醒，很容易由着惰性让屋子变得脏乱不堪。一个人的居所便是一个人的风水，把屋子收拾得齐齐整整的女孩运气都不会太差。

愿你一个人的生活，风和日丽，自由欢娱。

一个人的日子,也请不要将就,
不辜负,不虚度,窗明几净,风和日丽。

图书在版编目（CIP）数据

愿所有相遇，都恰逢其时：精装典藏版 / DTT 著. —
杭州：浙江文艺出版社，2020.7（2020.8 重印）
ISBN 978-7-5339-6087-2

Ⅰ. ①愿… Ⅱ. ① D… Ⅲ. ①随笔—作品集—中国—当代 Ⅳ. ① I267.1

中国版本图书馆 CIP 数据核字（2020）第 058723 号

责任编辑	瞿昌林
特约编辑	宋　鑫
装帧设计	八牛·设计
排版设计	张亚群
封面图片	陈惜玉
内页插图	DTT　司徒休　苟一戈　陈惜玉　小醒 iso　视觉中国

愿所有相遇，都恰逢其时（精装典藏版）
DTT 著

出版发行	浙江文艺出版社
网　　址	www.zjwycbs.cn
联系电话	0571-85152727（发行部）
经　　销	浙江省新华书店集团有限公司
印　　刷	北京盛通印刷股份有限公司
开　　本	880 毫米 ×1230 毫米　1/32
字　　数	171 千字
印　　张	9.25
版　　次	2020 年 7 月第 1 版
印　　次	2020 年 8 月第 2 次印刷
书　　号	ISBN 978-7-5339-6087-2
定　　价	58.00 元

版权所有　违者必究
（如有印刷质量问题，请寄承印单位调换）